궤도의 밖에서,
나의 룸메이트에게

궤도의
밖에서,
나의
룸메이트에게
전삼혜 장편소설
문학동네

차례

창세기 ◊ 007

아주 높은 곳에서 춤추고 싶어 ◊ 035

궤도의 끝에서 ◊ 075

팽창하지 않는 우주를 원해 ◊ 109

두고 온 기도 ◊ 137

토요일의 아침 인사 ◊ 159

에필로그: 토요일, 당신에게 ◊ 197

작가의 말 ◊ 204

창세기

이제 이 우주기지에 제대로 작동하는 것은 몇 개 남지 않았어. 지구를 향해 늘 켜져 있는 인공위성 카메라, 카메라와 연결된 모니터, 그리고 문라이터의 기록장치와 재생장치. 이것들은 태양열을 받아서 움직이는 것들이니 아마 태양이 살아 있는 한 꺼지지 않겠지. 내가 사라진 다음에도 달 위에서 지구를 지켜보고 있을 거야. 태양도 영원하진 않지만 태양보다 내가 먼저 사라질 테니.

사라진다는 건 슬픈 말이야. 어느 날 꺼져서 다시는 소리 내지 않게 된 낡은 스피커처럼 말이지. 그러니 곧 꺼질 것들이 얼마나 되는지는 세지 않도록 할게. 사실 매일매일 나는 세고 있어. 이곳에서 얼마나 더 버틸 수 있는지 알아야 하니까. 그렇지만 일일이 너에게까지 전할 필요는 없을 것 같아.

걱정하지 않아도 좋아. 나는 꽤 태평하게 지내고 있어. 네가 내 꼴을 봤으면 너는 옆머리를 귀 뒤로 넘기며 얼굴을 찡그렸겠지. 콧

등에는 작게 주름이 잡힐 거야. '리아, 너는 어쩌면…….'이라고 하다가 고개를 숙이고 이마를 짚고, 말문을 잇지 못하다가 피식 웃겠지. 보지 않아도 그려지는 네 모습들. 태어나 가장 긴 시간을 함께한, 나의 룸메이트. 나는 네 모습을 떠올리며 눈을 감고 흥얼거려. 네가 좋아하던 노래. 좋아하던 영화 대사. 좋아하던 자리에서 보이던 풍경들. 네 사무실 책상에 늘 놓여 있던 페퍼민트 캔디 통의 색깔까지. 나는 너에 관해서라면 무엇이든 떠올릴 수 있어.

푸르지 않은 지구를 보며 나는 너를 생각해.

아주 옛날에 처음으로 우주선을 타고 대기권 밖으로 나간 사람들이 그렇게 말했다지.

지구는 푸른 별입니다.

바다가 지구의 대부분을 차지하고 있기 때문에 우주에서 지구는 푸르게 보인다고 했어. 그 푸른 별 남반구 어딘가의 섬에 제네시스와 제네시스가 세운 학교가 있었고 그곳에서 우리는 함께 자랐지. 그러나 이제 더 이상 지구는 푸르지 않아. 회색 구름으로 뒤덮여 어디가 바다고 어디가 육지인지도 모르게 되어 버린 별. 그리고 이곳은 푸르지 않은 지구 주위를 맴도는 작은 위성, 달.

달에 온 지 벌써 여섯 달이 되었어. 내가 달에 가게 되었다고 말했을 때 너는 화를 냈지. '왜 너만 벌을 받아야 하는데?' 거대한 구식 메시지 기록계 문라이터를 보수하러 가는 출장은 사실상 근신 처분이었어. 남자애들과 싸우다가 찢어진 내 입가와 멍 든 팔다리를 눈으로 찬찬히 쓸어 보며 너는 한숨을 쉬었지. '또 싸웠구나.' 나는 대답하지 않았고 너는 작게 덧붙였어. '하필이면 인사평가 기간에…….' 하지만 걱정하지 마. 아마 더 약 오르는 쪽은 나보다 로빈 패거리일걸. 우리보다 고작 한두 살 많은 주제에 곧 성인이 된답시고 우습지도 않게 거들먹거리는 바보들.

'우주항공특별교육센터'라는 거창한 학교 현판 앞에서 대표인 조안이 한숨을 푹 쉬었을 때도 나는 별로 무서운 게 없었어. '리아, 너는 어떻게, 너보다 나이도 많은 남자애들 세 명을 상대로 싸울 생각을 하니?' 먼저 처분을 받은 남자애들은 모두 기숙사로 돌아가고 나만 남았을 때 조안은 그렇게 물었어. 나는 웃으려고 했지만 웃을 수 없었어. 로빈, 걔가 때렸을 때 찢어진 입가가 너무너무 아팠거든. 조안은 내 성적표를 보며 이맛살을 찌푸렸어. 맞붙어 싸운 학생들의 점수를 똑같이 깎는 게 당연하지만, 나에게는 그만큼 깎일 점수가 없었어. 성적이 좋은 것도 아니고 뛰어난 실적을 올린 것도 아니었지. 아마 그래서 늘 우등생인 너와 비교가 되었겠지만 말야. 두려운 건 퇴교 처분 정도? 하지만 우리 학교에 퇴교라는 건 없잖아. 우리는 모두들 돌아갈 집이 없는 아이들이니까. 애초에 제네시스가 문라이터 사업으로 돈을 벌어서 학교를 만든 게 보호자 없는 아이들, 그중 가능성이 있는 아이들에게 특별한 기회를 주기 위해서였는걸. 그러니 사고 좀 쳤다고 해서 열일곱 여자애를 길거리로 내몰 수야 없지. 그렇기 때문에 나는 안심했어. 어떤 벌이 주어지더라도 나는 최소한 너와 같은 공간 안에 있을 테니까.

뭐, 그러다 보니 결과적으로는 조안의 출장 명령에 충격을 받긴 했지. 너랑 만난 이후 한 달이나 떨어져 있어야 하는 건 처음이었으니까. 로빈이든 누구든 겨우 열흘 근신에 봉사활동 40시간 정도의 처벌을 받았을 텐데, 나에게는 한 달간 단독 출장이라니. 그것도 무지막지한 구시대 기계를 점검하러 가라고? 문라이터는 내가 여기 들어오기도 전에 만들어진 기계잖아.

제네시스를 미워하는 건 아냐. 너랑 나를 만나게 해 줬다는 데 나는 오히려 감사하고 있어. 물론 너와 같이 입학할 수 있었으면 더 좋지 않았을까 하는 생각도 하지만, 그건 네가 지나치게 머리가 좋아서 열 살에 시험을 통과해 버린 탓이잖아. 그 시험은 최소한 열두 살은 되어야 통과할 수 있는 시험이라고 시험 안내서에도 명시되어 있다고.

생각해 보면 좀 웃기지.

조안은 왜 달에 메시지를 새기는 기계 따윌 만들었을까. 어째서 달의 크레이터를 메우고, 거대한 팔로 달의 땅을 긁어 인간의 언어를 남기겠다고 생각했을까.

이 학교에서 내가 너보다 더 잘 알고 있는 분야를 말하자면 그건 아마 문라이터에 대해서일 거야. 우주기상통제국에 있는 너보다야 항공기계정비반에 있는 내가 문라이터에 더 빠삭하지 않겠어? 처음으로 문라이터에 대해 배운 날 내가 밤늦게까지 잠도 안 자고 이불 속에서 떠들어 댔던 덴 그런 이유도 있었어. 내가 처음으로 너보다 먼저, 너보다 잘 알게 된 무언가가 있다는 게 정말로 많이 기뻤거든.

너는 내 입학 때부터 5년을 같이 살아온 룸메이트였고, 나의 엄마이자 언니이고 때로는 귀여운 여동생 같은 사람이었지. 그러나 동시에 너는 이 학교 최고의 수재였고 입학한 지 3년 만에 남들은 5년 넘게 걸린다는 우주기상제어관 3급 시험에 합격한 촉망받는 유망주였어. 그리고 차곡차곡 엘리트 계단을 밟아 지금은 우주기상통제국 A팀장 자리까지. 표면상으로는 아직 네가 미성년자라서 정식 부국장 자리를 줄 수 없다고 하지만, 네가 우주기상통제국에서 싱 국장 다음으로 뛰어난 사람인 건 모두가 잘 알잖아. 흰색 블레이저와 남색 바지로 이루어진 학생 제복을 입고 있지만 열 명의 어른보다 뛰어난 아이. 그게 너, 최세은.

열다섯 살, 우리가 직업반을 결정할 때였지. 중등교육을 마치고 어느 기관에서 고등교육을 받을지를 결정하는 순간 그게 우리의 평생 직업이 될 거라는 걸 모두 알고 있었어. 너는 당당하게 커트라인이 가장 높다는 우주기상통제국에 지원서를 썼고, 나는 네 바로 곁에 있을 수 있는 기상관측국이나 통계국이 아니라, 출장이 잦고 체력이 약한 애들은 일주일에 한 번씩 보건실로 실려 간다는 항공기계정비반에 원서를 넣었지.

사실 항공기계정비반에도 간신히 합격했어. 솔직히 이 학교에 들어왔다는 게 기적일 정도로 내 석차는 매년 하락하고 있었잖아. 물론 나 같은 아이들은 많지. 들어올 때는 어떻게든 필사적으로 시험을 쳐 합격했지만 점점 나태해지는 아이들이라고 누군가는 우리를 비웃어. 하지만 이것 하나만은 말해 두고 싶어. 나는 나태한 적 없어. 네 곁에서 너를 지키려면 늘 최선을 다해야 했고, 그래서 공부를 조금 소홀히 했던 것뿐이야. 그런 내가 너와 먼 직업반에 지원서를 쓴 이유는…… 조금만 있다가 말할게.

너는 그때 내가 너 가까이에서 일하는 직업반을 쓰지 않은 일 때문에 서운해했었나? 아니면 네가 가장 원하던 곳에 합격했다는 기쁨에 들떠서 나를 껴안고 팔짝팔짝 뛰느라 그럴 새도 없었나? 다음 날 우리 둘의 방문 앞에 붙은 명패가 새로운 디자인으로 바뀌던 건 기억해. 최세은이라는 네 이름 아래 '우주기상통제국'이라는 마크가 붙고, 유리아라는 내 이름 아래에는 '항공기계정비반'이라는 마크가 붙었지. 전교 최고의 수재와 평범한 나는 그렇게 스무 살까지 그 방에서 함께 살아갈 줄 알았지. 같이 잠이 들고, 같이 밥을 먹고, 하루 일과가 끝나면 시시한 수다를 떨며, 때로는 비밀스러운 이야기를 주고받으며

살아가기를 바랐지.

그 모든 게 꿈이 되어 버린 것 같은 지금, 손에 닿지 않는 지금.

이 모든 걸 로빈 패거리 탓으로 돌릴 수는 없어. 네가 통제국장에게 꼬리를 쳐서 열일곱 살 주제에 기상제어관 1급 시험에 합격했다는 헛소리를 한 건 로빈이었고 그래서 내가 로빈을 때렸지만.

그렇다고 로빈 때문에 지구와 소행성이 충돌한 건 아니잖아.

물론 맞고 때리면서 악을 썼어. 너 같은 쓰레기는 소행성에 머리를 맞아도 정신을 차리지 못할 거라고. 하지만 그게 지금…… 지구를 이렇게 만든 원인은 아니지. 로빈이 시험 일주일 전 새벽 한 시에 싱 국장의 연구실에서 나오는 너를 보았다고 해서, 네가 싱 국장과 떳떳하지 못한 거래를 하고 기상제어관 1급 시험에 붙은 게 아니듯이.

미안, 세은. 내 이야기를 듣는다면 너는 좀 놀라겠네. 듣지 못해서 다행이야.

나는 다 알고 있었어. 기상제어관 필기시험 일주일 전이 싱 국장의 생일이었다는 사실도. 그 보름 전부터 네가 주말 내내 섬 안에 하나뿐인 백화점에 달려가 넥타이를 흘긋거렸다는 것도. 네가 마음에 들어 한 넥타이는 우리에게 지급되는 용돈을 꼬박 몇 개월은 모아야 살 수 있는 비싼 제품이었다는 것도 알아.

네가 손전등 하나만 켜 놓고 밤새워 편지를 썼던 것도. 그리고 기숙사 소등 시간인 열한 시 반을 넘겨 열두 시에 그 선물을 들고 싱 국장의 연구실로 갔던 것도. 다 알고 있었어.

어떻게 모를 수 있겠어. 네 캘린더에 표시된 싱 국장의 이니셜, 네 베개 밑에 있던 넥타이 카탈로그, 그리고 휴지통에 가득한 구겨진 편지지까지. 싱 국장님께, 그 말만 쓰고 지우고 구겨 버린 편지지를 보며 내가 어떻게 모를 수 있겠어. 네가 까치발을 들고 기숙사 창문을 넘어 밖으로 나가는 걸 어떻게 내가 모를 수 있겠어. 다만 내가 모르는 것은 네가 그날 싱 국장에게 어떤 거절의 말을 들었는지야. 나간 지 이십 분 만에 들어온 너는 이불 속으로 들어가 숨죽여 울었으니까. 단지 그 마음은 알고 있지. 네가 싱 국장에게 거절당하며 느꼈던 마음을 나는 매 순간 너를 보며 느끼고 있었으니. 그런 내 마음이 조금이라도 옅어지라고, 너에게서 가장 먼 직업반을 선택한 거였어.

로빈이 너를 창녀를 뜻하는 'W'라고 부르며 내 앞에서 그날의 일을 다 아는 듯 떠벌릴 때 사실 나는 따박따박 반박하고 싶었지. 네가 한 시에 싱 국장의 연구실에서 나왔을 리가 없다고. 네가 침대에 들어가 소리 죽여 흐느끼던 시간이 열두 시 삼십 분이었다고. 그러나 나는 아무 말 않고 주먹을 날렸어. 사실이 뭐가 중요하겠어. 로빈은 단지 너를 비난하고 싶었을 뿐이야. '천재'로 들어와 '천재성'을 유지하지 못한 아이들이 그러듯이. 우리 우편함에 종종 들어 있던, 네 앞으로 온 익명의 편지 속 면도날처럼 날을 세운 아이들의 시선.

세상 누구보다 너, 최세은을 잘 아는 사람은 부모도 형제도 아닌 바로 나니까 함부로 떠들면 가만두지 않겠다고도 이야기하고 싶었어. 그리고 내가 세상 누구보다 널 잘 아는 이유는 세상 누구보다 널 사랑하기 때문이라는 것도. 하지만 그것도 말하지 못했어. 한 마디라도 꺼냈다간 로빈 앞에서 울어 버릴 것 같았으니까. 그런 건 너무 꼴사납잖아. 그리고 아직 너에게 고백도 못 했는데, 내가 너를 사랑한다고 로빈 같은 멍청이에게 먼저 말해 줄 수는 없잖아?

사실 많이 고민했어. 사랑이라. 한 번도 누군가에게 온전히 사랑받아 본 적이 없는 내가 지금 느끼는 감정이 정말 사랑일까. 우리 우편함에 면도날을 넣거나 방문 앞에 선물을 놓아두는 아이들의 감정을 질투나 동경이라는 이름으로 섣불리 부를 수 없다면, 내 감정에도 사랑이 아닌 다른 이름이 붙어야 하는 게 아닐까.

그러나 너에게 관심을 보이는 아이들이 매일 아침 아직 잠든 네 모습을 보며 평생 네 곁에 있고 싶다는 생각을 할까? 네가 다른 사람의 말에 상처받아 울 때 대신 울어 주고 싶다는 생각을 할까? 사랑을 배운 적도 없는데 어째서 내 머릿속엔 그렇게나 또렷이 사랑이란 말이 떠올랐는지.

……걱정하지 마. 이건 기록하지 않을 테니까. 지구에서 볼 수 없는 달의 뒷면에도 남기지 않을 거야. 나는 네가 싫어할 일은 하지 않아. 지금 나는 온 우주에서 유일하게 문라이터를 다룰 수 있는 사람인걸. 재와 구름이 지구를 가린 지 벌써 다섯 달이 넘게 지났어. 지금 내가 남기는 기록이 지구의 유일한 기록이 될지도 모르지. 구시대 기계인 것치고 문라이터의 상태는 꽤 쓸 만해. 이렇게 오래 내가 달에 남게 될 줄 알았으면 좀 더 많이 공부해 누는 건데.

문라이터 얘기나 조금 더 할까. 그 전에 내가 자란 보육원 이야기도 좀 하고. 내가 자란 보육원은 매주 일요일마다 예배를 드리는 곳이었어. 상급생 아이들로 이루어진 성가대가 화음을 맞춰 성가를 부르는 동안 나는 꾸벅꾸벅 졸곤 했어. 주일학교 교사들은 우리를 깨우기 위해 온갖 재미있는 이야기를 들려주었지만 내가 기억하는 건 별로 없어. 그래도 천지창조에 관한 건 잘 기억하고 있어. 그건…… 문라이터를 만든 제네시스가 달에 처음 새긴 메시지이기도 하니까.

'태초에 하나님이 천지를 창조하시니라.'

내 나이 아홉 살, 문라이터의 출현은 지구인 모두에게 큰 화젯거리였지. 보육원의 작은 티브이 앞에 모든 아이들이 모여 문라이터가 거대한 펜으로 달에 첫 문장을 새기는 광경을 지켜봤어.

어떻게 보면 참 이상한 일이야. 문라이터를 만든 회사의 이름이 제네시스라니. 창세기가 진리로 받아들여지던 때의 사람들은 지구가 우주의 중심이고 해와 달은 그저 지구의 들러리에 불과하다고 여겼을 텐데, 현대의 제네시스는 달을 거대한 이윤을 창출하는 광고판으로 삼았잖아.

지구상의 모든 나라에서 달의 영토를 사들인 제네시스는 지구에서 볼 수 있는 달의 앞면을 거대한 포클레인으로 갈아엎었어. 달에서 보인다던 여인의 얼굴, 혹은 토끼가 사라지고 판판하고 빛나는 도화지가 되도록. 둥근 구형의 도화지가 되어 버린 달. 옛날 다큐멘터리를 잘 찾아보면 삽과 괭이 들이, 엄청나게 큰 농기구 같은 그것들이 밭을 갈듯이 달 표면을 갈아 버리는 장면들이 남아 있겠지. 어쩌면 지금은 이 우주기지에 있는 메모리카드 안에만 남아 있겠구나. 그리고 제네시스는 그 모든 작업이 끝난 후, 문라이터가 달에 메시지를 새기는 장면을 생중계로 내보냈지. 창세기의 첫 글귀가 달에 새겨지던 순간, 그리고 문라이터가 거대한 펜촉을 달에서 떼며 제네시스의 광고를 끝낸 순간, 보육원의 아이들은 너 나 할 것 없이 밖으로 뛰어나가 달을 올려다봤어. 내가 살던 보육원에는 성능 좋은 천체망원경 같은 건 없어서 우리는 맨눈으로 하늘을 올려다봤지. 달을 보며 '보여? 보여?' 떠들어 대던 게 아홉 살 때의 일이야. 우리 둘은 서로 다른 보육원에서 하늘을 보고 있었을 거야.

우리가 서로 모르던 때.

나는 그때 처음으로 달에 가고 싶다는 생각을 했어. 내가 다른 아이들과 조금 다르다는 건 알고 있었어. 그러나 이 학교에 들어와 너를 좋아하게 되면서 더 이상 고민 같은 건 하지 않기로 했어. 너를 본 순간 나는 처음으로 신에게 감사했어. 신은 달을 만들었고, 인간을 만들었어. 인간은 제네시스를 만들었고, 제네시스는 우리가 만난 학교를 만들었지.

잠깐만 기다려 줄래? 산소 농도를 조금 더 낮춰야 할 시간이야. 한순간이라도 더 견디려면 그렇게 하는 것 외에는 방법이 없어. 내 몸은 점점 낮아지는 산소 농도에 익숙해지고 있어. 그만큼 내 움직임은 둔해지고, 나는 느리게 숨 쉬는 사람이 되어 가. 모두들 놀라겠지. 그것도 지구에서 살아남은 누군가 달에 와 나를 발견했을 때의 이야기겠지만. 한 달로 예정된 출장 기간. 기지 안에 있는 비상용 식량과 산소를 모두 끌어모아도 겨우 네 달을 넘길까 말까일 텐데, 제네시스가 세운 특별한 학교의 아이라 해도 어떻게 거기서 열일곱 살의 여자아이가 여섯 달이나 살아남았는지. 그리고 앞으로도 한 달을 더 살아갈 산소와 식량을 남겨 두었는지.

항공기계정비반에 들어갔을 때 내가 배운 건 우리가 다뤄야 할 기계의 역사와 구조 말고도 몇 가지가 더 있었지. 그중 가장 혹독했던 건 우주에서 살아남는 법이었어.

대기권을 벗어나 우주로 갈 때를 대비한 발사체 충격 훈련을 매주 한 번씩 견뎠고 인간이 숨 쉴 수 있는 가장 낮은 산소 농도에서 최소한의 식량으로 가장 긴 기간을 생존하는 테스트를 6개월에 한 번씩 거쳤어. 그래서 우리 반 아이들은 다른 아이들보다 유난히 말랐고 느리게 숨 쉬었지. 대기권 돌파 가상현실 테스트마다 나는 늘 토하고 싶어 이를 악물었고 그날 밤은 헛소리를 하며 앓았지만 지금은 그 모든 훈련에 감사하고 있어. 비록 내게 남은 삶의 의미라는 것이 고작 이렇게 문라이터 기록장치에 대고 키보드를 두드리는 것이라고 해도.

처음엔 많이 놀랐어. 지구로 돌아가기까지 열하루가 남아 있었지만 문라이터의 점검은 일찌감치 끝나 있었어. 정비가 필요해서 나를 보낸 거라기보단 달에서의 근신 같은 거였으니까. 한가해진 나는 달의 각 구역마다 설치된 카메라를 돌려 보며 지워질 메시지와 남겨질 메시지, 새로 새겨질 메시지를 구경하고 있었어. 달에 글자를 새긴다는 낭만과는 전혀 어울리지 않는 이해타산 문제.

제네시스가 내세운 사업 아이템은 '당신이 원하는 메시지를 영원의 장소, 달에 새겨 드립니다.'였지. 공기가 없어 풍화침식도 없는 곳이니 한번 새겨진 글자들은 영원히 지워지지 않는 게 맞아. 메시지를 요청한 사람이 꼬박꼬박 관리비와 유지보수 비용을 내기만 한다면 말야. 돈을 내지 않으면 메시지는 지워지고 그 구역을 산 다른 사람의 메시지가 그 공간을 채우게 되지. 온갖 서체로 새겨진 세계 여러 나라의 언어가 달을 가득 메우고 있었어. 그 구역을 하나하나 둘러보는데, 갑자기 어느 모니터 하나가 어두워졌어.

지구와 연결된 모니터였지.

나는 시끄러운 걸 좋아하지 않아. 특별한 때가 아니면 이 기지 안에서 음악을 듣는 일도 없었고, 모니터에 연결된 스피커도 켜 놓지 않았어. 그래서 내가 느낀 것은 단지 지구와의 통신 채널 모니터가 갑자기 어두워졌다는 사실이었지. 그 순간 어떠한 폭음이라도 들렸는지, 혹은 고요했는지는 알 수 없어. 내가 고개를 돌렸을 때 이미 모니터는 어두워져 있었어. 밤하늘을 비추는 게 아니라, 완전히 지구와 단절되어 버린 것처럼.

지구를 비추는 모니터 외에는 모든 것이 그대로였어. 나는 무슨 일이 일어난 건지 몰라 어리둥절했어. 그리고 아직 밝게 켜져 있는 모니터 하나하나에 지구 통신 채널을 입력해 보았지. 그때마다 화면은 깜깜해졌어. 다른 채널은 모두 정상적으로 돌아갔고. 나는 어두워진 모니터에 다른 채널을 입력해 보기도 했어. 모니터 고장이 아니었어. 다른 채널은 멀쩡하게 나왔으니까.

무작정 기지 밖으로 뛰쳐나가려는 다리를 손톱자국이 나도록 내리누르며 나는 깨달았지. 지구와의 통신이 끊어졌다는 것을. 지구에서 내보내는 데이터가 더 이상 달에 닿지 못한다는 것을. 나는 우주기지를 이동 모드로 바꾸어서 지구가 보이는 곳까지 운전해 갔어. 거대한 다리가 달린 1인용 우주기지는 어기적거리며, 바닥 가득 새겨진 메시지를 피해 움직였지. 내가 그곳에 도착해 바깥을 보았을 때, 지구는 이미 푸르지 않았어. 뿌연 안개에 휩싸이는 것처럼 푸르게 빛나던 부분들이 흐려지고 있었지. 눈을 아무리 비벼도 시야가 맑아지지 않았어.

나는 그 상황에서도 그동안 배운 매뉴얼을 떠올리려고 애썼어. 네트워크에 문제가 생겼을 때의 대처 방법. 하나, 통신기의 연결 상태를 확인한다. 둘, 지구와 달 중간기지에 있는 무인 인공위성 관제센터에 비상 신호를 보낸다. 셋, 아이디와 패스워드를 입력하고 재연결을 기다린다. 소용없었지. 통신기는 연결되어 있었고, 무인 인공위성 관제센터를 통해 비상 신호를 보냈지만 지구에 있는 누구도 내 메시지를 받아 주지 않았어.

비상 채널로라도 연결이 되었다면 재연결 허가가 내려졌겠지. 재연결 허가 전 우주항공 네트워크에 아이디와 패스워드 입력 절차가 떠야 하잖아. 그러면 나는 내 아이디를 입력하고, 네 이름의 철자를 뒤섞어 만든 패스워드를 입력해야 하는데, 아무리 기다려도 아이디와 패스워드를 입력하라는 창이 뜨지 않았어.

숨이 가빠 왔어. 나는 통신 기록을 뒤졌어. 마지막으로 지구와 통신한 게 언제지? 3일에 한 번씩 있는 정기 보고가 그저께였어. 그리고 너와 주고받은 대화가 어제였어. 어제저녁, 그러니까 지구 시간으로 스무 시간 전.

마지막으로 네가 나에게 대체 뭐라고 했지?

우리가 무슨 이야기를 나누었지?

새하얘지는 머리를 간신히 가누며 나는 우리의 통신 기록을 불러왔어.

— 문라이터 달 기지에서 통신 요청합니다. 우주항공특별교육센터 항공기계정비반 유리아. 코드 UH-E-20258입니다. 프라이빗 통신 요청. 코드 UH-C-C0886 최세은 응답 바랍니다.

— 연결합니다. 잠시만 기다려 주십시오.

건조한 기계음이 흘러나오고 잠시 뒤 기침 소리가 들렸어. 지구 시간으로 이른 저녁이었는데도 네 얼굴은 까칠해 보였고 눈 밑이 검었어. 너는 눈을 비비며 나에게 힘없이 웃어 보였어.

— 안녕, 달 날씨는 어때?

— 비바람이 몰아쳐서 기지가 날아갈 지경이야. 거긴 어때?

달에 비바람은 무슨. 농담으로 인사를 대신하며 나도 웃었어. 그렇지만 너는 어쩐지 심각해 보였어.

— 음, 별 이상은 없어. 정신 나간 소행성 하나가 갑자기 궤도를 바꿔서 지구를 방문하겠다고 하는 걸 빼면. 방문 비자 내줄 생각은 없는데.

— 소행성? 그거 비껴간다고 하지 않았어?

지구로 날아오는 소행성들을 처리하는 게 우주기상통제국의 중요한 업무 중 하나였지. 언젠가부터 소행성 덩어리들은 자꾸만 방향을 틀어 지구로 날아왔어. 묘하게도 그 시기는 제네시스가 달에 진출해 달을 거대한 광고판으로 쓰기 시작한 직후였고, 그래서 섬 밖에 있는 제네시스 지부 사무실 앞은 늘 종교 단체들의 집회로 법석이었지. 온갖 언어로 된 기도문에, 낙서에, 고함 소리에 귀가 먹먹하고 어지러울 정도였어. 달에 있는 메시지들이 모두 다 소리로 변해도 그렇게 시끄럽지는 않을걸. 그 사람들은 언론사 카메라를 악마 보듯이 쏘아보며 소리 질렀지. 소행성이 지구를 파괴하는 건 신의 심판이라고. 신의 피조물인 달을 인간 마음대로 다루려고 하기 때문에 신이 지구를 심판하려 한다고 말이야.

그 말을 비웃기라도 하듯 제네시스는 어마어마한 돈을 투자해 소행성을 공격하는 장치를 만들어 냈지. 그 공격 위성은 작은 소행성들은 파괴하고 큰 소행성들은 방향을 돌려놓았어. 지난 몇 년 동안 지구로 향해 오던 소행성의 수가 과거에 지구를 향했던 모든 소행성들의 수와 맞먹는 건 사실이야. 그러나 너는, 네가 속해 있는 우주기상통제국은 그때마다 훌륭하게 임무를 수행했지. 적절한 시기에 명령을 내리고, 소행성 공격용 위성 무기를 이용해서 대기권 안쪽에 피해가 미치지 않도록 했어. 이제 사람들은 태풍과 쓰나미를 두려워할지언정 소행성과 지구의 충돌을 두려워하진 않았어. 그래서 나는 너의 말이 그저 늘 하던 농담이라고 생각했어. 내가 떠나기 전날 밤에도 너는 소행성 궤도 분석을 하고 있었지만 네 표정은 일차방정식을 풀듯 편안해 보였기에.

— 비껴가겠지. 아마도.

네 뒤로 커피 잔을 들고 걸어가는 싱 국장의 모습이 잠시 보였어. 너는 아무것도 눈치채지 못한 듯 눈만 비비고 있었지. 그런데 나는 보았어. 흐릿한 통신 카메라 영상으로도 잘 보이더라. 늘 비슷한 패턴, 비슷한 색의 넥타이만 매던 싱 국장이 처음 보는 넥타이를 매고 있었지. 그래, 꼭 우리 또래의 여자애가 골랐다고 하면 믿기 쉬울 것 같은 화려한 넥타이였어. 싱 국장이 누군가에게 친근하게 인사를 건네는 동안에도 너는 눈을 비비고 있었어. 네가 굳어 가는 내 표정을 알아차리지 못해서 다행이었어.

— 지구로 언제 돌아와?

— 열이틀 더 있으면 귀환 셔틀 타고, 중력적응훈련까지 마치려면 보름쯤 걸리겠지 뭐.

— 빨리 와.

— 왜?

너는 옆에 놓인 커피 잔을 입에 대고 홀짝였어. 네 취향대로, 설탕과 우유를 잔뜩 넣어서 카페라테라기보다는 커피우유에 가까울 커피를.

— 기숙사에서 혼자 자는 거 싫어.

만약 네가 싱 국장을 좋아하는 마음이 그저 장난같이, 봄날의 바람같이 지나가는 거였다면 나는 그때 농담을 했을 거야. 아직 실연의 상처가 덜 지워져서 그러냐고. 하지만 우리는 열일곱. 사랑을 받지 못해 주는 방법도 느리게 배우던 우리에게 첫사랑은 봄바람이라기보단 태풍 같았지.

그때 나는 당장 너의 곁으로 돌아가고 싶었어. 세은, 귀환하면 조안에게 잔소리를 마저 듣고, 반성문과 보고서를 제출하고 난 다음에는 휴가라도 갈까? 저기 섬 남쪽 해변 어딘가쯤으로? 따뜻한 모래톱에서 모래성도 쌓아 보고 코코넛주스를 마시면서 놀자. 밤이 되면 몰래 바에 들어가 칵테일도 한 잔씩 하는 거야. 어른이 된 것처럼. 그렇게 하면 좀 나아질 거야. 그렇게 말할까 고민하던 차였어.

“세은. 호출.”

여전히 뺨에 반창고를 붙인 로빈이 네 뒤에서 너를 불렀지. 로빈도 모니터에 비친 나를 보았을 거야. 나는 슬쩍 가운뎃손가락을 들어 보였고 로빈은 인상을 썼지. 너는 고개를 돌려 로빈과 잠시 이야기했어. 아마도 통신 중이라는 이야기와 통신이 중요하냐 호출이 중요하냐 뭐 그런 이야기였겠지. 로빈이 이겼는지 너는 어깨를 으쓱해 보이고 자리에서 일어나며 나에게 말했어.

— 빨리 돌아와.

눈 밑이 검게 가라앉은 채로, 피곤이 가득한 표정으로. 보는 사람이 네 어깨를 안고 도닥이고 싶어지게 만드는 미소를 지으며.

너와의 통신은 그렇게 종료되었어.

그리고 그게 지구와 나와 연결된 마지막 기록이었지.

다행이야. 내가 마지막으로 지구에서 대화한 사람이 너라서.

지구에서 마지막으로 나에게 말을 건네준 사람이 너라서.

무슨 일이 일어났던 걸까. 너와 내가 연락하지 못한 스무 시간

동안 네가 있는 곳에서는 무슨 이야기가 오갔을까? 분명히 너는 네가 할 수 있는 모든 노력을 다했을 거야. 몇십 번이고 소행성의 궤도를 조정하며 지구를 구하려고 애를 썼을 거야. 한순간도 손을 놓고 한숨을 쉬거나 눈물을 흘리진 않았을 거야. 지구와 소행성이 충돌하는 마지막 순간까지 어쩌면 너는 키보드를 두드렸을 거야. 그리고 아주 희박한 확률로…… 어쩌면, 그래, 어쩌면…… 싱 국장이 아니라…… 나를 생각했을 거야.

울면 안 되는데.

울면 숨이 가빠져. 그러면 산소를 많이 소비하게 되고, 울고 나면 탈수증이 오기 때문에 물도 더 섭취해야 돼. 고작 울었다는 이유로 살아갈 날을 또 하루 잃고 싶지는 않아.

지구가 뿌연 구름과 먼지로 뒤덮인 후 나는 여러 날을 망연자실한 채로 보냈어. 처음에는 좁은 기지 안에서 고함을 지르며 난동을 부렸어. 이게 모두 꿈일 거라고 팔다리를 벽에 마구 부딪치며 울었지. 꺼진 모니터를 붙들고 하루 종일 지구에서 오는 통신을 기다리기도 했어. 하지만 며칠 후부터 그냥 다…… 내려놓았어. 어떤 사람들은 어디로든 안전한 곳으로 피했겠지. 하지만 너는, 너는 그러지 않았을 것 같아.

우리는 어디로도 달아날 수 없었지. 아무리 고된 훈련을 받아도 울면서 전화를 걸 엄마나 아빠가 없었어. 그래서 나이에 비해 턱없이 높은 성과를 이루어 낼 수 있었지. 우리는 사랑해야 할 상대를 대부분 학교 안에서 찾아냈고 함께 있으려면 떨어지지 않기 위해 끝없이 노력해야 했으니까. 그게 몸에 배어 버렸잖아. 그러니까 너는 아마도 대피소로도, 대기권 밖으로도 가지 않고 마지막까지 우주기상통제국에 있었을 거야. 내가 돌아올 지구를 지켜 주려고. 용감한 최세은. 복도에서도 교실에서도, 내 앞에서도 울지 않고 늘 침대 안에서만 울었던 열일곱 살.

태어나자마자 보육원에 맡겨진 내게 엄마나 아빠라는 단어는 아득한 별처럼 개념으로만 존재했지. 하지만 너는 달랐어. 네 이름은 다른 단어와 달랐어. 모두가 자기 일에 열중하는 이유가 사실은 외로워서인 이곳에서, 쓸모없는 사람이 되면 간신히 찾아낸 이 자리마저 빼앗길까 두려워서인 이곳에서, 푸르지만 그만큼 차가운 별 지구에서 나에게 온기가 되어 준 사람. 내가 가장 많이 생각한 단어. 그건 너의 이름이야.

너는 강하고 예뻤어. 언제나 최선을 다했고 최고의 성과를 냈어. 네가 복도를 걸으면 꼿꼿한 네 등에 모두의 시선이 한 번씩 향했지. 너를 좋아하는 남자애들은 셀 수 없었고 너를 흠모하는 여자아이들 역시 적지 않았지. 그러나 정작 너에게 다가가서 너를 좋아한다고 고백하는 아이들은 없었어.

너는 지나치게 강하고 완벽해서 누구도 너의 곁에서 당당해질 수 없었을 거야. 감히 동등한 연인으로 설 생각도 못 했겠지. 네가 때때로 악몽을 꾸고 소리 죽여 운다는 걸, 아침마다 뻗친 머리를 잠재우려 얼굴을 찡그리고 거울을 노려본다는 걸, 책상 서랍 속이 늘 엉망진창이라는 걸 아는 사람은 오직 나뿐이었을 거야. 늘 너의 곁에 있는 사람. 어쩌면 네가 5년 동안 룸메이트를 바꾸지 않은 것이 단지 내 입이 다른 사람들에게 너의 사생활을 떠들어 대지 않을 만큼 무거워서라고 해도 나는 상관없었어. 네가 원한다면 나는 끝까지 지킬 거야. 너의 초조함, 너의 눈물, 너의 짝사랑을 포함한 모든 비밀. 이제는 비밀을 들어 줄 사람이 아무도 없다고 해도.

너는 달 같았지. 달은 언제나 지구에게 같은 모습을 보여 주기에 우주선이 생기기 전 사람들은 달의 뒷면을 보지 못했어. 너를 둘러싼 아이들이 그러하듯이. 달이 늘 지구에게 한결같은 모습을 보여 줄 수 있는 건 달의 자전주기와 공전주기가 같기 때문이야. 지구 시간으로 약 한 달. 자전주기를 하루로 삼고 공전주기를 1년으로 삼는다면 달에서는 한 달이 하루이자 1년. 나는 이 달에서 엿새 동안 있었고, 여섯 달 동안 있었으며, 6년 동안 머무른 셈이야.

참 길게도 써 놓았지. 하지만 이 이야기들을 달에 새기지는 않을 거야. 나는 이 이야기들을 전부 지울 거야. 그리고 한 가지 더, 달에 지금까지 사람들이 새긴 메시지도 전부 지울 거야. 그 자리를 새로운 이야기로 채우려 해. 그래 봤자 내게 남은 시간 동안 새길 수 있는 건 기껏해야 짧은 동화책 한 권 정도의 분량이겠지만.

쓸데없는 짓일까?

나는 이제 키보드를 두드리고 모니터로 내용을 확인하는 것도 힘들어. 내 몸은 점점 오래 잠들고 깨어나지 않으려고 해. 그러니까 나는 완전히 잠들어 버리기 전에 달에 어떤 이야기를 새기려고 해.

너의 이야기.

열 살의 어린 나이로 지구 최고의 교육기관에 들어가 열일곱 살에는 학교 최고의 별이 되었던 아이. 누구에게나 강하고 현명하며 다정했던 아이. 내 이야기 안에서 너는 남에게 뒷모습을 들킬까 두려워하는 달이 아니라 태양이 될 거야. 왕자님과 오래오래 행복하게 살지는 못하더라도 지구에서 가장 용감했던 공주님으로 기록될 거야. 그걸 다 쓰고 나면 나도 아마 너를 만나러 가겠지. 달도 지구도 아닌 멀고 먼 곳으로.

나의 세계인 너를 만나러 갈 거야.

신은 엿새 동안 세상을 만들고 하루를 쉬었다지. 나는 엿새를 쉰 후에야 겨우 하나의 거짓된 세계를 만들어. 그리고 그 이야기 안에서 나는 너를 세상에서 제일 행복하고 빛나는 사람으로 만들 거야. 안녕. 지워질 이야기는 여기까지만 할게. 그리고 이제 새로운 이야기가 시작될 거야.

너는 나의 세계였으니, 나도 너에게 세계를 줄 거야.

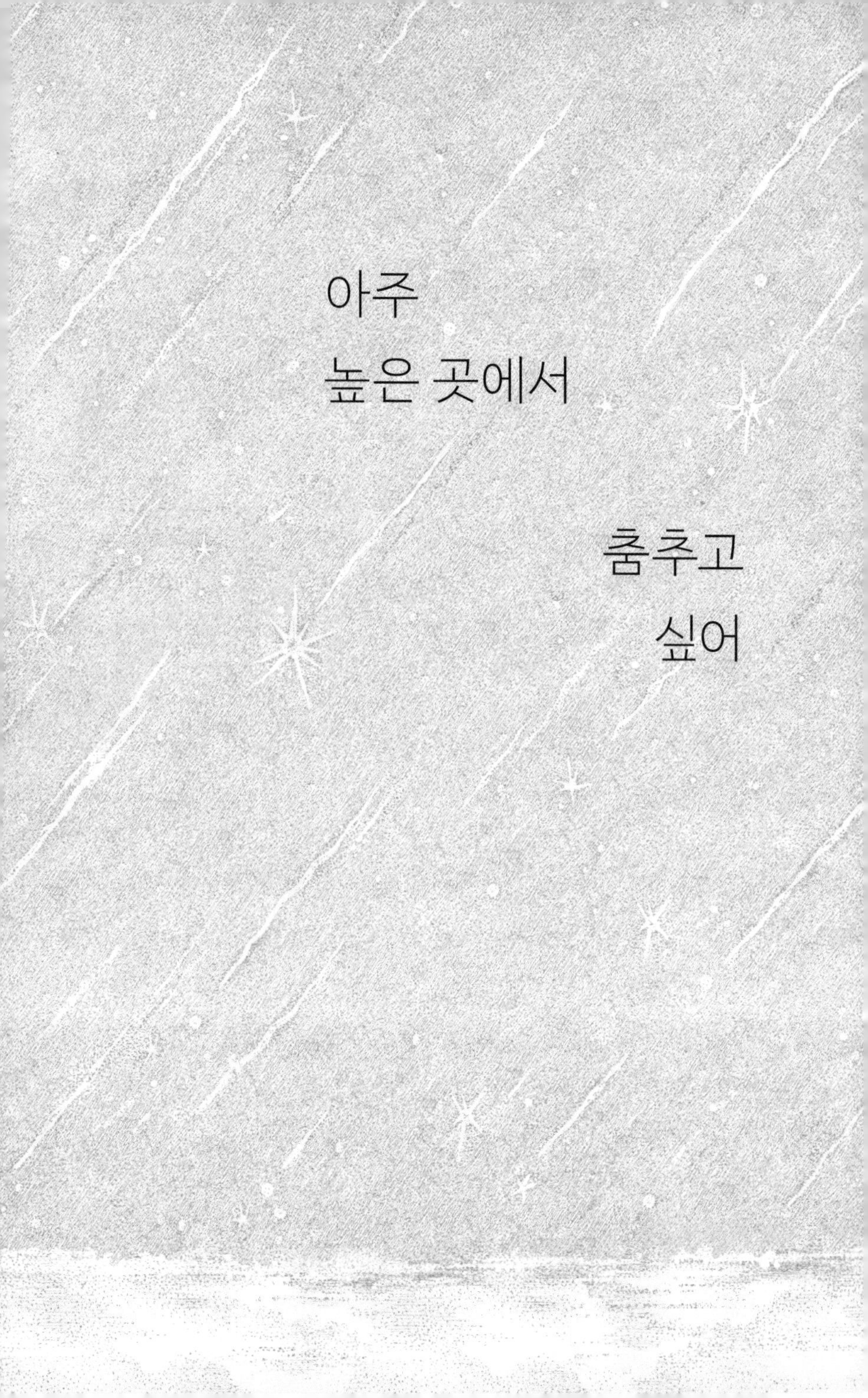

아주
높은 곳에서

춤추고
싶어

지구와 소행성 충돌까지 앞으로 6일 열두 시간 정도가 예상됩니다. 그렇게 말한 조안은 지팡이를 놓고 잠시 안경 안으로 손가락을 넣어 두 눈을 눌렀다. 눈물일까? 맨 뒷줄에 앉은 제롬은 고개를 갸웃거렸다. 강당 안은 일제히 소란스러워졌다. 비명을 지르는 아이들도 있었다. 입학한 지 한 달도 되지 않은 아이들은 울기까지 했다. 오늘이 4월 19일인가. 제롬은 주머니 속에서 미니 태블릿을 꺼내 액정 화면에 나타난 날짜를 확인했다.

지구 멸망이라. 마사가 이상한 부탁을 했던 게 이것 때문이었구나. 딱히 놀랍거나 슬프지는 않았다. 어쩔 수 없지. 제롬은 옆자리 아이의 꼭 움켜쥔 손이 파들파들 떨리는 것을 보았다. 웅성거리고 비난하고 큰 소리를 지르며 아이들이 여기저기서 동요하고 있었다.

제롬은 주머니에 손을 넣고 슬그머니 일어났다. 옆에서 부르는 소리가 들렸다. 너 어디 가? 제롬은 미니 태블릿을 흔들어 보이며 대답했다.

"점심 식사 시간이잖아! 식당에 먼저 가 있을게!"

평균 체격을 고려하여 만든 강당의 의자는 제롬에게 너무 작았다. 다른 아이들보다 머리 하나는 훌쩍 넘게 큰, 아마 제네시스 안 모든 사람들을 통틀어 제일 클 제롬의 몸이 흔들리며 사람들 사이를 빠져나갔다.

제롬은 문손잡이를 밀려다 멈칫했다. 아, 설마 식당 직원들도 여기 다 모여 있나? 그러면 곤란한데. 식당에 가도 음식이 없잖아. 제롬은 얼굴을 살짝 찡그렸다가 곧 경쾌한 미소를 띠고 손잡이를 밀었다. 아무도 없어도 자판기는 작동하겠지. 강당 문을 열고 나와 식당 건물로 향하는 동안 아무도 제롬을 부르지 않았다. 온 세계가 강당 안에 못 박힌 것 같았다. 제네시스는 제롬을 비롯한 아이들에게 세계나 다름없었다. 그리고 세계의 수장이 방금 지구가 곧 멸망할 거라는 소식을 전했다.

아쉽지 않아.

조금 아쉬운가?

괜찮아. 한 명은 무사할 테니까.

제롬은 휘파람을 불었다. 식당 건물에 들어서기 전, 제롬은 잠깐 하늘을 올려다보았다. 낮달은 뜨지 않았다. 하지만 저기 어딘가 분명히 달이 있을 것이다. 달 위에, 열이틀 전에 달에 착륙했을 제롬의 동료가 있을 것이다. 문라이터를 고치러 간 동료. 제롬보다 키가 두 뼘은 작고 체중도 덜 나가고 여러 가지로 '좁은 기계 안에서 장시간 임무를 수행하기에 적합한' 동료. 유리아. 이 소식이 달에도 닿을까? 아마 닿지 않겠지.

괜찮아.

제롬은 식당 안으로 들어가며 고개를 약간 숙였다. 식당과 강당 문이 모두 높이 2미터가 넘는다는 걸 알지만 몸에 밴 습관은 쉽게 사라지지 않았다. 정말로 식당 안에는 아무도 없었다. 음식 냄새마저.

제롬은 혀를 한번 차고 자판기 앞으로 가서 학생 카드를 꺼냈다. 비프치즈샌드위치 하나, 과일 팩 하나, 주스는 뭐 마시지? 토마토주스로 해야겠다. 덜컹, 덜컹, 덜컹. 자판기에서 나온 음식들을 품에 안고 제롬은 가까운 자리에 앉았다. 하, 하고 안심 같은 한숨을 내쉬며 제롬은 버릇대로 두 손을 모았다.

"잘 먹겠습니다."

매년 1월, 신체검사 날이 되면 제롬은 늘 웃음거리가 되었다. 이번 해도 마찬가지였다. 아이들의 웃음엔 악의가 없었기 때문에 제롬도 스스로 웃을 수 있었다. 신기할 정도의 유연성, 아무리 먹어도 늘 제자리인 체중, 그리고 계속 자라는 키. 신체검사 담당이자 훈련 교관인 마사가 제롬을 불렀다.

"키 재야지. 빨리 와서 서."

"그냥 작년 키 그대로 해 주시면 안 돼요?"

마사는 단호하게 고개를 저었다.

"작년 키에서 10센티미터 더하기 전에 빨리 와."

"정말 너무하셔!"

일부러 토라진 목소리를 내며 제롬은 성큼성큼 걸어갔다. 뒤에서 아이들의 웃음이 터졌다. 발뒤꿈치를 기둥에 붙이고 서자 막대 하나가 천천히 내려와서 제롬의 정수리를 톡 치고 다시 올라갔다. 아이들이 제롬의 키 측정 결과를 보려고 슬금슬금 몰려들었다. 마사가 저리 가라는 뜻으로 태블릿을 휘두르자 껑충 물러났지만 아이들의 눈은 벌써 호기심으로 가득했다. 항공기계정비반은 원래 그런 곳이었다. 웃음이 많지 않으면 견디기 힘든 곳. 최저의 커트라인과 최고의 업무 강도가 함께하는 곳. 마사가 피식 웃고 모니터에 떠오른 결과를 말했다.

"196센티미터. 72킬로그램. 제롬, 작년보다 또 자랐네."

휘파람을 불고 탄성을 지르는 소리를 들으며 제롬은 제자리로 돌아갔다. 치가 엄지손가락을 치켜들어 보였다. 제롬은 불쑥 손을 내밀었다.

"돈 걸었지? 절반 줘."

제롬의 키가 얼마나 자랐을지는 항공기계정비반 모두의 내깃거리였다. 작년보다 4센티미터가 더 자랐다. 이제 열여덟 살인데. 치가 투덜거리며 동전 하나를 내밀었다.

"네가 1센티미터만 더 자랐어도 좀 더 딸 수 있었어."

"바라는 게 많네."

제롬은 뒤돌아보지 않고 다음 측정 장소로 향했다. 가장 사이즈가 큰 체육복 바지는 제롬의 발목뼈를 간신히 덮었지만 터무니없이 헐렁했다. 어차피 측정된 숫자는 바뀌지 않잖아. 제롬은 씩 웃으며 휘파람을 불었다. 머리를 짧게 자른 여자아이가 제롬이 오는 것을 보고 손을 쳐들었다. 제롬이 손바닥을 펴서 리아의 손바닥과 짝, 소리가 나게 마주쳤다.

"또 자랄 줄이야. 정말 너무하다. 내 성장판 너무 열심히 일해."

"난 안 자랐는데. 슬슬 성장이 멈추나 봐."

"여자애들이 남자애들보다 빨리 멈춘다더라."

다음은 호흡과 맥박 측정. 조건은 트레드밀 속도 시속 5킬로미터 유지. 트레드밀이 있는 훈련장으로 걸어가며 둘은 이야기했다.

"리아, 너 또 싸웠다며? 덕분에 우리 반 이름이 격투반으로 바뀌겠더라."

"나도 싸우기 싫은데 애들이 자꾸 싸우게 만드는 거라고."

리아가 입술을 삐죽거리며 쭉 기지개를 켰다. 올해 리아의 키는 158센티미터. 제롬보다 두 뼘은 작았지만 걷는 속도는 제롬 못지 않았다. 훈련장 입구에 카드 키를 대며 리아는 투덜거렸다.

"싸우려고 작정하고 시비를 거는 애들하곤 싸워야 돼. 난 지는 거 싫어."

신발을 벗고 측정용 운동화로 바로 갈아 신는 리아와 달리 제롬은 한참 신발장을 뒤적거려야 했다. 가장 큰 사이즈의 신발 안에 제롬은 발을 집어넣었다. 뒤꿈치가 삐져나왔다.

"발 치수 몇이야?"

"운동화가 330밀리지, 아마?"

"맙소사. 그 구두 이제 못 신겠네."

남자 탈의실과 여자 탈의실로 갈라지는 벽 앞에서 제롬은 고개를 저었다.

"아직 신을 수 있어."

리아는 피식 웃고 여자 탈의실로 들어갔다.

리아는 자주 싸웠다. 누군가 시비를 걸면 조용히 넘어가는 일이 드물었다. 그게 리아가 자란 보육원의 생활 방침이었는지도 몰랐다. 제네시스에 합격하여 모이기 전, 모든 아이들은 후견인 없이 보호시설에 있었을 테니까. 후견인이 없을 것. 출생 기록상 열두 살부터 열다섯 살 사이일 것. 제네시스의 원격 테스트를 통과할 만큼 뛰어날 것. 그것이 제네시스에 입학할 수 있는 세 가지 조건이었다. 이곳에 있는 모두는 한번 발을 디디면 영원히 벗어날 수 없는 섬을 스스로 선택했다.

제롬은 리아가 작년 생일 선물이라며 내밀던 커다란 상자를 떠올리며 윗옷을 벗었다. 측정 장비를 달고 뛰려면 지정한 티셔츠로 갈아입어야 했다. 티셔츠와 반바지로 갈아입은 제롬이 탈의실 문을 나설 때 뒤늦게 도착한 아이들의 목소리가 들렸다.

"제롬, 너무 빨라! 우리 좀 기다려 줘!"

싫어. 그렇게 말하는 대신 제롬은 먼저 간다는 뜻으로 손을 흔들어 보였다. 천장에 곧 닿을 것처럼 높이 뻗은 손.

다섯 살인가 여섯 살인가, 아니면 여덟 살이나 아홉 살이었을지도 몰랐다. 아무도 기억하지 못하는 나이는 없는 거나 마찬가지고 빈 자리를 어떤 숫자가 채우든 상관없었다. 지금의 절반 정도로 작았던 그때, 서커스 천막의 천장은 아무리 제롬이 손을 뻗어도 닿지 않을 것처럼 높았다.

제롬은 긴급구호단체 말에 따르면 '구출될' 때까지, 그러나 제롬의 표현대로 하자면 '분리될' 때까지 서커스단에 있었다. 엄마, 아빠, 그리고 트럭 하나와 함께 살았다. 주소는 없었다. 서커스단은 큰 트럭 한 대에 짐과 사람을 싣고 이리저리 옮겨 다녔다. 제롬의 이름도 그때는 제롬이 아니었다. 원래 이름은 꼬마를 뜻하는 어느 나라인가의 단어였다고, 긴급구호단체 사람들이 말했다. 이름이 필요할 일은 없었다. 엄마와 아빠는 언제나 제롬이 부르면 바로 닿을 거리에 있었고, 제롬은 가족의 시야 안에 있었다. 가끔 다른 서커스단과 함께 공연을 했다. 운이 좋으면 사자나 말, 코끼리 같은 대형 동물을 데리고 다니는 서커스단을 만날 수 있었다.

제롬은 자신들이 타고 다니는 트럭을 코끼리라고 불렀다. 코끼리는 제롬이 가장 좋아하는 동물이었다. 아빠가 음악을 틀면 제롬은 멀리서부터 뛰어와 팔짝 점프해 코끼리 꼭대기에 올라섰다. 그리고 음악의 비트가 빨라지면, 그때부터는 춤추는 시간이었다. 탭댄스 구두처럼 보이지만 밑창이 부드러운 신발을 신고. 아빠가 틀어 주는 빠른 비트 속에 섞인 가짜 발자국 소리에 딱딱 맞춰 스텝을 밟았다.

밟고, 돌고, 점프하고, 공중에서 한 바퀴 돌아 착지해서 관객에게 고개를 숙이는 순간까지. 박수갈채와 함께 사방에서 날아오는 동전과 먹을거리를 재빠르게 주워 무대 뒤로 자리를 옮길 때까지. 엄마와 아빠가 줄타기와 공중그네를 선보이기 전까지.

춤출 때 제롬은 언제나 행복했다.

행복했지만 고단한 날들이었다. 셋이서 하는 공연은 쉽지 않았다. 손님의 수를 종잡을 수도 없었다. 국경을 감시하는 경찰과 군인을 피해 작은 길을 따라다녔고 공연을 하려고 했던 곳에 전쟁이 벌어지거나 갔더니 이미 폐허가 되어 있을 때도 있었다. 그럴 때면 엄마 아빠는 어깨를 으쓱했다. 어쩔 수 없지. 다른 데로 가자. 뒤돌아볼 필요는 없어. 네가 본 그대로만 기억하렴. 엄마와 아빠는 작은 제롬의 어깨를 잡고 툭툭 밀어 주었다.

코끼리는 아니지만 운 좋게 순한 말을 데리고 다니는 서커스단을 만난 날이었다. 제롬은 말과 장난을 치고 있었다. 큰 동물들은 꼬리를 휘두르는 것 하나만으로 제롬을 날려 버릴 수 있었지만 제롬은 큰 동물들과 쉽게 친해졌다. 공연을 앞둔 설렘에 신이 나 말과 이마를 부비고 있었을 때, 동물보호단체라는 사람들이 나타나 갑자기 서커스 단장과 싸우기 시작했다. 말이 혹사당하고 있다고, 이 말은 전 세계에 얼마 남지 않은 귀중한 존재라며 목소리를 높였다. 제롬은 멍하니 보고만 있었다. 사람들이 말을 끌고 가자, 이번엔 긴급구호단체라는 사람들이 와서 제롬을 가족과 떼어 놓았다. 손에 말의 침이 범벅이 된 채, 제롬은 영문도 모르고 허공에 들어 올려져 구호단체 직원의 품에 안겼다. 엄마와 아빠도 멀뚱멀뚱 제롬을 보았다. 구호단체의 다른 직원이 엄마와 아빠에게 뭐라고 소리쳤고 엄마와 아빠는 작게 이야기를 나누다가 제롬을 보았다. 그러곤 어깨를 으쓱했다. 어쩔 수 없지.

제롬은 부모와 헤어졌다.

부모가 친부모인지, 양부모인지도 제롬은 몰랐다. 기억하는 순간부터 함께 있던 어른을 가족이라고 인식하는 건 자연스러웠다. 가족이란 피가 이어진 사람들을 말해. 긴급구호단체 사람이 말했다. 그 사람들이 정말 너의 가족이 맞느냐고 제롬에게 몇 번이나 물었던 것은 아마 친권 때문이었을 것이다. 그러나 제롬은 친부모가 뭐고 양부모가 뭔지, 그게 왜 중요한지 전혀 이해할 수 없었다. 제롬은 가는 도시마다 그 도시의 팻말을 모조리 외울 수 있었고 사람들이 한번 말해 주면 모조리 기억할 수 있었다. 하지만 그것이 세상을 잘 안다는 뜻은 아니었다.

다만 제롬은 자신이 입고 있던 빨갛고 긴 레헹가를 걷어 내 벗긴 구호단체 직원이 기겁해서 외친 단어는 알아들었다. 세상에, 남자애잖아!

그게 뭐 어쨌다는 거지? 제롬은 머리가 길었고 키가 작고 말랐으며 빨간 레헹가를 좋아했다. 직원은 황급히 제롬을 씻기고 머리카락을 짧게 자르고 티셔츠와 반바지를 입혔다. 구호단체 천막은 서커스 천막보다는 작았지만 훨씬 분주했다. 사람들이 정신없이 오가는 와중에 누군가 제롬의 키를 재고 체중을 쟀다. 허공에 떠도는 말들이 제롬의 귓속으로 들어가 의미로 변했다.

불쌍하기도 하지. 정말 작고 말랐잖아. 체격으로 봐선 네 살이나 다섯 살이라고 해도 믿겠어요. 저 애는 몇 살이래요? 부모가 뭐래요? 아홉 살이라고 했지만 여덟 살이거나 열 살일 수도 있어. 그래요? 여덟 살이 낫겠네요. 빨리 보호기관에 등록해야 해요. 학교도 가고 친구들도 사귀어야죠. 불쌍해라. 불쌍하기도 하지. 어쩌다 저렇게 되었을까.

제롬이 방금 들은 말을 그대로 따라 했다. 불쌍하기도 하지. 천막 안에 일순간 정적이 흘렀다. 누군가 제롬에게 물었다. 너, 방금 한 말 이해하니? 제롬은 그 사람이 하던 말들 중 '어느 정도'라는 단어를 떠올려 그대로 말했다. 세상에. 어떤 어른은 경탄하고 어떤 어른은 눈물을 흘렸다.

제롬은 원하는 것은 완벽하게 기억할 수 있는 대신 주의를 기울이지 않으면 금방 잊어버렸다. 그래서 엄마와 아빠의 이름도, 엄마와 아빠가 누구인지도, 자신이 몇 살인지도, 자신의 이름이 무엇인지도 기억하지 못하는 거라고 제롬은 나중에 혼자 생각했다. 길거리에서 단 한 번 들은 노래보다도 가족이, 이름이, 나이가 중요하지 않은 것이냐고 하면 그건 아니었다. 다만 그 삶이 언제까지나 유지될 줄 알았기 때문에 일부러 외우려는 노력을 한 적이 없었다. 개연성이 없이 뒤죽박죽인 풍경은, 잊어버린 시간은 그래서 더 아까웠다. 언제까지고 변하지 않으리라 믿었던, 당연해서 소중한지조차 몰랐던 것.

제롬은 보육원으로 보내졌다. 보육원에선 제롬의 이름과 나이를 물었고 구호단체 직원이 대신 대답했다. 이 애의 이름은 제롬이고 나이는 여덟 살, 생일은 5월 7일이에요. 우리가 이 애를 발견한 날이죠. 가엽고…… 대단한 앱니다. 제롬은 아무 말도 하지 않았다. 그 대신 탁자 위에 놓인 과자를 낚아채듯 입에 집어넣었다. 떠돌이 생활 때는 음식을 오래 저장할 수가 없어서 제롬은 뭐든 먹을 것이 보이면 일단 입에 집어넣었다. 가끔 관객들이 쥐여주던 과자와는 또 다른 맛이 났다. 단맛과 짠맛이 함께 입 안에서 부서졌다.

제롬은 그곳에서 세 개의 이름을 얻었다. 가엽고 대단한 아이, 제롬, 교육 불가능.

보육원에서 제롬을 학교에 보낸 지 일주일 만에 학교에서 거절 통보가 왔다. 이렇게 제멋대로인 아이는 가르칠 수 없다는 통보였다. 끊임없이 뛰어다니고, 운동장에서 늑대 소리를 내고, 자꾸 뭔가를 입에 넣고, 혼을 내려고 하면 좁은 틈새로 도망가 버리기 때문에 다른 아이들에게 방해가 된다고. 제롬은 입술을 쭉 내민 채 생각했다. 늑대가 아니라 코끼리 소리인데. 저 사람은 코끼리를 한 번도 본 적이 없나?

보육원 사람들은 제롬의 식탐과 산만함 때문에 제롬을 반쯤 가두다시피 하다가 다시 학교에 보냈다. 몇 년이 지나자 제롬은 더 이상 말썽을 부리지 않았다. 수업 시간에는 자리에 앉아 있고, 운동장에서는 평범하게 축구나 달리기를 했다. 연필이나 책을 입에 넣고 씹지 않았다. 좁은 곳에 들어가는 대신 철봉을 타거나 정글짐 안에서 유연성을 이용해 술래잡기를 했다. 제롬은 한 번도 술래에게 잡힌 적이 없었다. 키가 쑥쑥 커졌다. 규칙적인 식사가 공급되자 무서운 속도로 자라기 시작해 제롬은 어느새 학년에서 가장 큰 아이가 되었다.

제롬은 학교에 가긴 해도 수업을 제대로 듣지는 않았다. 제롬이 유일하게 흥미를 가진 것은 외국어 수업이었다. 서로 다른 높낮이로, 발음으로 나타나는 제각각의 언어들을 제롬은 전부 외웠다. 글자를 외우는 것은 간단했다. 단어는 쉬웠다. 문법은 조금 복잡했지만 아주 어렵지는 않았다. 문법에 맞게 단어를 배열해서 글로 쓰는 것은 서툴렀다. 그래도 이미 완성된 문장들을 읽는 것은 제롬에게는 즐거운 일이었다. 교사들은 제롬을 '가만히 있게' 하기 위해서 수업 시간에 외국어 영상과 책을 보는 것을 허용했다. 조용히 앉아 있어야 했다. 그게 규율이었다. 저 애는 앵무새랑 자란 게 아닐까요? 제롬을 담당했던 한 교사는 제롬의 학교생활을 살피러 온 보육원 사람에게 그렇게 말했다.

제롬이 초등교육을 마칠 때가 되자 보육원에서는 제롬에게 제네시스 학교 입학 원서를 건넸다. 제롬을 받아 주겠다는 중급학교가 없었다.

"나 수학하고 과학 싫어요. 못 붙을 거야."

수학과 과학 점수 비중이 다른 과목보다 높은 것을 본 제롬이 입을 삐죽이며 원서를 구기려 했다.

"너, 여기 들어가면 달에 갈 수 있어."

구겨지기 직전의 원서를 손으로 덮은 보육감이 다급하게 말했다.

"달?"

"응. 제롬, 너 달 좋아하지? 매일 올려다보고 있잖아."

"그런가?"

좋아한다는 건 뭘까? 좋아하지 않아도 기억할 수 있고 좋아해도 잊어버릴 수 있는데. 좋아한다는 게 중요한가? 제롬은 고개를 한쪽으로 기울이고 생각했다. 서커스단에 있을 때부터 제롬은 달을 보는 것에 익숙했다. 달은 밤하늘의 등불이고 달력이었다. 지구가 돌면 달이 차고 기우는 것은 어느 곳에 있거나 동일한 이치였다. 제롬은 구기려던 원서를 다시 찬찬히 들여다보았다. 달에 갈 수 있다면 재밌을지도.

"그럼 뭐 해야 돼요? 여기 가려면?"

보육원의 골칫덩어리, 꺽다리 제롬을 어떻게 키워야 할까 몇 달간 고민했던 보육감이 안도했다. 보육감은 제네시스의 기출문제와 온갖 수험 자료들을 모아 온 파일을 턱, 하고 제롬에게 안겼다.

"외워."

일단 외우면, 전부 외워 버리면 합격할 가능성이 있지 않을까. 보육감은 그렇게 생각했다. 그리고 제롬은 그것들을 모조리 외웠다. 수학, 과학, 천문학, 어학, 기계공학. 첫 번째 해에 떨어지고 나서 두 번째 해에 다시 시험을 쳤고 제롬은 열네 살에 제네시스 입학 시험에 합격했다.

합격 통보를 받은 후, 제롬은 보육원 마당에서 하늘을 올려다보았다. 달이 떠 있었다. 흠집 없이 빛나는 달이었다. 저 달에 가는 사람들이 있는 곳이라는 거지, 제네시스는. 제롬은 보육원 정문 끄트머리를 붙잡고 가볍게 반동을 주어 문 위로 뛰어올랐다. 성장통 때문에 근육과 뼈가 비명을 질렀다. 제롬의 키는 이미 열네 살에 180센티까지 자랐다.

"이대로 크다간 서커스단의 키다리 아저씨가 될 수 있겠는데."

제롬은 중얼거린 뒤 휙, 뛰어내렸다. 발소리는 나지 않았다.

"동물들 머리에는 이제 못 올라가겠다."

제롬이 지내던 보육원은 환경이 좋은 곳이 아니었다. 먹고 입고 씻고 학교에 가는 것 정도는 지원받을 수 있었지만 그 외의 생활은 약육강식에 가까웠다. 제네시스에 오기 전까지 제롬은 자기 소유의 돈을 가져 본 적이 없었다. 서커스단에서도 사람들이 묘기를 보고 내미는 지폐나 동전이 가치가 있다는 건 알았지만 직접 돈을 사용해서 뭔가 사 본 적이 없었다. 시장이나 거래라는 개념은 구호단체에서도 가르치지 않았다. 그곳의 목적은 제롬을 생존하게 하는 것이지 교육시키는 것이 아니었으므로.

제롬은 보육원에 들어가 처음으로 거리에 나가서 상점을 보았고 갖고 싶은 것이 있으면 그저 가져왔다. 다만 '사람의 눈을 보면서 가져가면' 꾸중을 들었기 때문에 '사람이 보지 않는 틈을 타 가져간다'는 원칙 하나가 추가되었다. 제롬의 기억력을 봐 둔 보육원의 몇몇 아이들은 제롬을 패거리에 끼워 좀도둑질을 했다. 보육원 애들이 부리는 말썽이야 흔한 일이고 아이들이 워낙 많아 보육원의 어른들은 제롬에게 신경을 자주 쓸 수 없었다. 들켜서 혼이 난다고 해도 제롬에게는 어른들이 기대하는 도덕심이나 수치심 대신 '다음엔 들키지 말아야겠다'는 기술 향상의 의지가 더 공고해질 뿐이었다.

들키지 않기 위해 제롬은 시장의 하루를, 생태계를 보고 외웠다. 저 가게의 주인은 몇 시에 문을 열고 몇 시에 닫는지, 쓰레기차는 어느 요일 몇 시에 와서 몇 시에 가는지, 어떤 사람들이 어떤 물건을 사는지. 제롬은 패거리의 데이터베이스가 되었다. 제롬은 패거리에게 유용한 존재였지만 손 기술은 영 쓸모가 없었다. 제롬의 특기는 탭댄스지 마술이 아니었고, 값나가는 물건과 싸구려 물건을 구별하는 능력도 없었다. 그저 갖고 싶은 것과 그닥 흥미가 없는 것으로 나뉠 뿐이었다.

그 펜은 어느 쪽도 아니긴 했다. 제네시스에 입학하고 몇 달 후, 제롬이 어떤 남자아이의 필통에서 펜을 훔친 건 '갖고 싶어서'는 아니었다.

제롬과 같은 나이인 아이들과 한 살 어린 아이들을 대상으로 진행되는 공통 수업 시간이 끝난 직후였다. 그 펜은 그 남자애 물건이 아니었다. 어느 수업에서건 1등을 한다는 열세 살 여자애의 물건이었다. 남자애의 필통 속 펜에 그 여자애의 네임태그가 붙어 있었다. 최세은.

애들은 그 여자애의 물건을 자주 뺏어 갔다. 정확히는 빌려 간 다음 돌려주지 않았다. 어째서인지는 제롬도 몰랐다. 그 여자애가 말수가 적고, 똑똑하고, 싸우는 것을 좋아하지 않기 때문에? 물품지원과에서 언제고 다시 받을 수 있는 싸구려 펜이 탐나서는 아닐 터였다.

만약 이 펜이 주인인 최세은의 필통 안에 있었다면, 훔치지 않았을 것 같아. 수업 시간이 끝나고 주머니에 펜을 집어넣으며 제롬은 생각했다. 갖고 싶지도 않은데 훔친 거라면 내가 다시 훔쳐도 상관없잖아. 제롬은 어깨를 으쓱하며 복도 모서리를 돌았다.

그때 처음으로 유리아와 말을 나눴다. 정확히는 온몸으로 돌진하는 유리아와 부딪혔다. 뒤로 나동그라진 제롬의 허리와 두 팔을 완벽하게 깔고 앉아 리아는 제롬에게 으르렁거렸다.

"펜, 내놔."

"네 거 아니잖아?"

제롬이 묻자 이번에는 주먹이 턱 밑 직전까지 날아왔다.

"내 룸메이트 거야. 내놔."

"어…… 뒷주머니에 있어서, 주려면 손은 빼야 되는데."

리아가 슬쩍 한쪽 무릎에 힘을 풀었고 제롬은 손을 뒤로 돌려 펜을 꺼냈다. 몸체에 금이 가 있었다.

"망가졌네."

리아는 입술을 슬쩍 깨물고, 펜을 낚아채 아무 말도 없이 달려갔다.

제롬은 어리둥절한 채 복도 모퉁이에 앉았다. 쟤는 뭐지?

그리고 얼마 후 서로의 이름을 알게 되었다.

제롬은 학교 바깥의 시장을 돌아다니고 있었다. 사야 할 물건은 없었다. 제복이나 필수품은 대부분 지급되었고 제롬의 몸에 맞는 사복이나 신발은 시장에서 구할 수 없었다. 제롬은 기념품 가게에 들어가 작은 장식품들을 구경했다. 오르골, 저금통, 열쇠고리 등한 손에 들어갈 정도로 작은 물건이 많았다. 장식장을 따라 걷던 제롬이 멈췄다. 아기들이 신을 만한 크기의 빨간 에나멜 구두. 제롬은 주인이 어딜 보고 있는지 확인하고 손 안에 구두를 감췄다.

구두를 감추며 시선을 옮기는 순간, 가게로 들어서던 리아와 눈이 마주쳤다. 조금 당황한 눈빛이었다. 소리 지르려나? 제롬이 무슨 행동을 취하기 전에 리아가 먼저 손을 움직였다.

리아는 바로 앞에 있던 유리 장식품을 바닥에 집어 던졌다. 카랑카랑한 소리가 나고 유리 파편이 사방으로 튀었다. 신문을 보고 있던 주인이 벌떡 일어나더니 리아의 멱살을 잡았다.

"실수예요, 실수! 돈은 물어 드릴게요!"

리아가 다급하게 말하는 사이 제롬은 구두를 꼭 쥐고 가게에서 나왔다. 도둑질을 하면 그 자리에서 멀리 벗어나야 했는데, 별로 그러고 싶지 않았다. 같은 학교, 같은 수업을 듣는다는 건 알았지만 그 애가 어떤 사람인지 조금 더 알고 싶었다. 가게 출입문이 보이는 곳에 서서 제롬은 리아가 나오기를 기다렸다.

가게를 나와 리아는 약국으로 들어갔다가 나왔다. 벤치에 앉아 상처에 핀셋을 대는 리아의 손을 제롬이 잡았다.

"뭐야, 도망 안 갔어?"

제롬은 고개를 끄덕이며 핀셋을 뺏어 잡았다. 한낮의 태양이 상처를 비추어 유리 조각이 반짝였다. 천천히 손 안의 상처들에서 유리 조각을 빼낸 후 제롬이 손을 놓았다.

"야. 핀셋 내놔."

밴드를 덕지덕지 붙이고 리아가 인상을 썼다.

제롬은 핀셋을 건넸다. 리아가 핀셋을 받아 약국 봉투에 넣었다.

"도망가라고 시끄럽게 만들어 놨더니 왜 여기 있어."

"나 도망가라고 그런 거야?"

제롬이 묻자 리아는 기가 막히다는 듯 웃었다.

"그럼 내가 일부러 물건을 깼겠냐? 완전 비싸던데. 물어 주느라 용돈 다 썼네."

"이상한 애네."

보육원에 있을 때, 조무래기 도둑 패거리에서 제롬은 주로 망을 봤다. 뒤로 처졌다 붙잡힌 제롬이 얻어맞아도 도망친 애들은 고맙다는 인사 같은 건 하지 않았다.

"네가 펜 찾아 줬잖아."

"훔친 건데."

"아무튼 돌려줬잖아. 그러니까 빚 갚은 거야."

무력으로 빼앗아 놓고 돌려줬다고 하면 이상하지 않나. 제롬은 고개를 갸웃거렸다. 리아는 무릎을 끌어안고 긴 한숨을 쉬었다.

"봤어. 네가 그 남자애 필통에서 펜 훔칠 때, 세은이 자리 계속 보고 있던 거."

그야, 주인이 최세은이니까. 제롬은 그렇게 생각했다.

"최세은 거라는 거 알고 훔친 거지? 그러니까, 원래 주인이 누군지 알고 있었지?"

"응."

"그런데 왜 훔쳤어?"

"몰라."

"최세은에게 돌려주려는 생각이었어?"

"그건 몰라."

"왜 다 몰라?"

제롬은 어깨를 으쓱했다.

"생각할 시간이 없었어. 네가 복도에서 나 넘어뜨리고 그 펜 가져갔잖아."

"아, 그랬지."

"내가 가지려고 훔친 건 아닌 거 같아."

제롬의 마지막 대답에 리아가 씩 웃었다.

"그럼 됐어. 아, 난 리아야. 유리아."

"응. 난 제롬."

이름을 알았다.

이름을 외웠다.

제롬은 고개를 들어 음악 소리가 들려오는 곳으로 귀를 세웠다.

익숙한 노래가 들리고 있었다. 광장에서 사람들이 모여서 부르던 노래. 그때보다 훨씬 밝고 왁자지껄했다. 몸을 울리는 비트에 맞춰 사람들이 춤을 추고 있었다. 리아가 먼저 일어섰다.

"이 노래 EDM 버전은 처음 들어 보네. 맨날 진지한 것만 들었는데."

"나도 신나는 건 처음 들어 봐."

제롬이 들었던 노래는 더 무겁고 웅장한 박자의 노래였다. 수없이 지나치던 광장 중 몇 곳에서 제롬은 이 노래를 들은 적이 있었다. 사람들은 주먹을 굳게 쥐고 분노에 차 이 노래를 불렀다.

제롬은 일어선 리아를 올려다보았다.

"너네 나라 말로는 가사가 어떻게 돼?"

"어. 그게…… 나도 2절인가 3절밖에 몰라."

"상관없어. 불러 봐."

리아는 허공을 보고 잠시 중얼거리더니 짝, 짝 손뼉을 치며 작게 노래를 불렀다.

"어떠한 높으신 양반 고귀한 이념도— 허공에 매인 십자가도 우릴 구원 못 하네—"

리아가 흥얼거리는 노래를 제롬은 기억과 맞추어 보았다. 언어는 달랐지만, 같은 노래였다. 제롬이 일어섰다. 리아의 그림자와 그보다 훨씬 긴 제롬의 그림자가 마주 보았다.

"가서 춤출래?"

제롬은 기억하려고만 하면 무엇이든 머릿속에 저장할 수 있었다. 엄마 아빠도 그걸 알고 있었다. 칭찬도 자주 받았다. 어느 광장에서 사람들이 다 같이 부르던 노래를 제롬이 한 번 듣고 똑같이 따라 했을 때, 엄마는 대단하다고 박수를 쳐 주었다. 그리고 제롬을 껴안고 말했다.

너는 뒤돌아볼 필요가 없어. 네가 본 대로 너는 전부 기억할 수 있으니까. 앞으로만 가.

제롬은 종종 휘파람을 불었다. 광장에서 사람들이 다 함께 부르던 노래. 그 노래가 끝나면 사람들은 행진했다. 그 곡조의 가사를 한국어로 알려 준 사람은 리아였다.

드럼 소리가 쿵쿵 바닥을 울렸다. 전자음이 재잘거리듯 사람들의 몸을 감싸고 돌았다. 각자의 언어로 가사를 따라 부르는 사람도 있었다. 리아는 작게 흥얼거리며 제롬의 손을 잡고 박자에 맞춰 뱅글뱅글 돌았다. 리아가 물었다.

"제롬, 넌 어느 나라에서 왔어?"

"몰라. 여기저기 옮겨 다녀서."

"이상한 애구나."

"우리 다 좀 이상하잖아."

제롬이 리아를 내려다보았다. 작은 키에 짧고 검은 머리카락. 들은 적 있었다. 이상한 여자애가 있다고, 한번 싸우기 시작하면 사과를 받아 낼 때까지 계속 덤벼든다고. 얘가 개구나. 기억하고 있었다. 제롬은 리아의 손을 더 굳게 잡았다.

제롬은 리아의 손을 잡고 춤추며 몇 가지를 더 떠올렸다. 제네시스에서 가장 우수한 아이라는 최세은의 룸메이트고, 룸메이트를 빌미로 싸움을 걸면 다른 싸움보다도 훨씬 끈질기게 달라붙는다는 소문. 둘이 같은 나라에서 온 것 같더라는 소문. 그게 그렇게 큰 의미가 있나 싶지만. 제롬은 자기를 올려다보는 까만 눈동자를 보고 씩 웃었다.

"그 구두, 네가 신기엔 너무 작지 않아?"

리아가 물었고 제롬은 팔에 힘을 주어 리아를 번쩍 들어 올렸다.

"야, 내려놔!"

리아가 크게 소리 질렀고 제롬이 그에 지지 않게 큰 소리로 외쳤다.

"갖고 싶었어!"

리아의 검은 눈이 크게 떠졌다.

"응?"

제롬이 리아를 내려놓고 말했다.

"빨간 구두, 한 번쯤은 갖고 싶었어."

제롬은 빨간 레헹가에 빨간 구두를 신고 아주 높은 곳에서 춤을 추고 싶었다.

항공기계정비반에 가고 싶다고 했을 때 교사는 난색을 표했다.

"나중에 항공기계정비반에 간다고 해도 달에 가는 임무는 못 맡을 텐데. 우주로 가려면 신체 조건이 맞아야 해. 넌 평균보다 키가 커서 기초대사량이 너무 많아."

어라. 나는 달에 못 가는 건가?

달에 가지 못할 수도 있다는 걸 알았을 때, 제롬은 달에 가고 싶었다는 걸 깨달았다. 몸무게가 지구의 유치원생만큼 가벼울 수 있는 곳. 그런 중력이라면 코끼리 머리 위에서라도 춤을 출 수 있을 텐데.

"제롬, 아래!"

몸을 울리는 비트도 잊고 멍하니 생각에 빠져 있던 제롬은 리아의 말에 정신을 차렸다. 제롬의 허리에도 닿지 않는 어린아이가 제롬의 다리에 부딪쳤다. 아차 하면 넘어져서 사람들에게 밟히겠다는 생각에 제롬은 다급하게 아이를 위로 들어 올렸다.

"와, 너 하마터면 큰일 날 뻔……."

아이의 얼굴을 보고 웃으려고, 안심시키려고 하던 제롬에게 아이가 버둥거리며 날카롭게 소리쳤다.

"———!"

제롬의 입가가 살짝 굳었다. 제롬은 조심스럽게 주변을 둘러보았다. 음악이 계속되는데도 사람들이 멈춰서 제롬을 보고 있었다. 제롬은 사람들 사이에 우뚝 솟은 채 그들의 눈빛을 보았다. 아이의 보호자인 듯, 두 손을 모아 입을 막고 울기 직전인 사람과 눈이 마주쳤다.

결코 아이를 구해 줘서 고맙다는 눈빛은 아니었다.

제롬은 아이를 조심스럽게 땅에 내려놓고 리아의 손을 잡고 달렸다. 사람들이 갈라지며 길이 트였다. 제롬과 리아가 광장 끝까지 가자 사람들은 다시 춤을 추기 시작했다.

"뭐야, 방금 그거."

리아가 짜증스러운 얼굴로 말했다.

"어느 나라 말이야? 엄청 무례해."

"괴물이래."

제롬은 대답하고 나서 자신의 두 손을 내려다보았다. 리아를 들어 올린 손. 아이를 들어 올린 손. 크고 단단한 손.

"뭐?"

리아가 당장 그 아이를 찾아낼 것처럼 얼굴을 구기자 제롬은 고개를 저었다.

"잘못 들었을지도 몰라."

그랬으면 정말로 좋을 텐데.

"잊어버려."

리아가 두 손을 한껏 위로 뻗어 제롬의 눈을 가렸다.

"잊을게."

제롬이 웃으며 그 손을 마주 잡았다.

기억 안 할래.

그런데 기억에 남을 것 같아.

항공기계정비반 아이들은 주기적으로 훈련을 받았다. 목표는 생존. 적은 양의 음식과 물, 낮은 산소 농도에서 침착을 유지하고 기계를 조작하는 훈련이었다. 생존 훈련 때는 아무도 웃지 않았다. 웃음은 산소를 소비하고 혈액순환을 빠르게 하니까. 모두가 말없이 느리게 걷고 각자 배당된 개인 케이지 안에서 잤다. 제롬은 이 훈련이 좋지는 않았지만 힘들지도 않았다. 배고프게 먹고 에너지를 적게 쓰는 일은 익숙했다. 있을 때 잔뜩 먹고 없을 때 굶는 일은 가족과 함께 지낼 때부터 일상이었다. 보육원에서는 한 사람이 잘못했다는 이유로 같은 방 모두가 굶는 벌을 받을 때도 있었다. 비록 키가 커서 낮고 좁은 케이지가 불편하긴 했지만, 견딜 만했다. 제롬이 견디기 힘든 것은 아무도 이야기를 나누지 않는 침묵이었다. 학교에 오기 전까지 언제나 시끌벅적한 곳에 살았으니까.

새벽 두 시, 제롬은 자신의 케이지를 빠져나와 다른 케이지의 문을 두드렸다.

"안녕."

제롬의 인사에 리아는 잠깐 얼굴을 찡그렸다가 속삭였다.

"말하면 배고플 텐데."

제롬은 씩 웃으며 자신의 식량인 넛츠 바를 리아에게 내밀었다.

"훈련 룰 위반 아냐?"

"훔치지 말라는 조항은 있어도 나눠 주지 말라는 조항은 없었어."

"이거 먹고 내일 원심력 훈련 때 토하라는 건가."

"그건 생각 못 했다. 다시 줄래?"

"아냐. 나 이거 먹을래."

리아는 케이지 문을 등 뒤로 닫고 복도 바닥에 앉았다.

"남의 케이지에 들어가는 건 룰 위반이지만, 여긴 케이지가 아니라 복도지."

리아가 말하자 제롬이 웃었다. 에너지가 너무 소모되지 않을 정도로만.

"넌 기초대사량도 많을 텐데 식량을 나한테 주냐."

리아의 타박에 제롬은 어깨를 으쓱해 보였다.

"먹을 것을 주는 건 친해지고 싶다는 뜻이야."

"그런 건 누구한테 배웠어?"

"인도코끼리."

예상치 못한 제롬의 대답에 리아가 큭, 숨을 내쉬며 웃었다. 제롬은 손가락으로 복도 바닥에 그림을 그리며 말했다.

"인도코끼리를 만난 적이 있거든. 일주일 정도 같이 지냈는데, 걔 먹이는 항상 내가 줬어. 머리 위에 올라가서 춤을 추려면 친해야 되잖아. 친해지려면 먹을 걸 주면 돼."

리아는 제롬이 바닥에 그리는 코끼리가 보이는 것처럼 눈을 가늘게 떴다. 서늘한 바닥에는 손가락이 지나간 자리에 아무 자국도 남지 않는데도. 작고 낮게 대화를 나누다가 둘은 새벽 세 시가 되기 전에 헤어졌다. 다음 날 훈련 때 마사는 둘을 한 번씩 흘겨봤지만 혼내지 않았다. 저녁이 깊어 하루 일과를 마칠 무렵 제롬이 다가와 속삭였다. 봐, 룰 위반 아니야. 리아도 속삭였다. 오늘은 배고프니까 일찍 잘래. 훈련 끝나고 또 놀자.

어떻게 그 유리아와도 친해졌냐며 대단하다고 웃는 아이들도 있었다. 항공기계정비반에 들어온 후에도 리아는 시비를 거는 사람에겐 가차 없이 주먹을 날리거나 걷어찼다. 가끔, 아주 가끔 리아가 참을 때도 있었다. 시비를 거는 사람의 어깨 뒤로 멀리라도 룸메이트 세은이 보였을 때. 화를 삭이지 못해 부들거리는 어깨를 보다가 제롬은 리아의 뒤에 가서 섰다. 긴 그림자가 드리워지자 시비를 걸던 아이들이 입을 다물었다.

"보호해 줄 필요 없어."

리아가 잇새로 내뱉자 제롬은 한 걸음 물러났다.

"보호한 적 없어. 그냥 여기 있었지."

손톱이 살을 파고들도록 주먹을 세게 쥔 리아. 리아를 보던 제롬은 고개를 숙여 리아의 정수리에 이마를 맞댔다. 리아가 헛웃음을 지었다.

"뭐야."

"코끼리라고 생각하라고."

리아가 웃자 제롬의 이마에 진동이 전해졌다.

엄마는 제롬에게 말했다. 앞만 보고 걸으라고. 그래서 제롬은 뒤돌아보지 않았다. 뒤돌아봐도 거기에는 아무도 없을 테니까. 엄마도 아빠도 인도코끼리도. 하지만 제네시스에 들어오고 가끔 뒤를 돌아보면 아는 사람이 있었다. 그 사람이 화를 내고 있으면 그곳으로 가서 서 있고 싶었다. 그래서 제롬은 그렇게 했다. 뒤에서 드리워지는 긴 그림자가, 리아의 기억에 남길 바라며.

같은 직업반 아이들은 동료이자 형제가 되었다. 더러 그렇지 않은 반도 있었지만. 스무 명 남짓한 항공기계정비반에서는 평균 한 달에 두 번꼴로 생일이 돌아왔다. 제롬이 열일곱이 되던 해, 누군가의 생일을 왁자지껄하게 축하한 날, 리아는 제롬에게 물었다.

"발 사이즈가 몇이야?"

"음. 325밀리?"

"거짓말."

학생 태블릿에 내장된 측정 프로그램으로 발 길이를 재 보고 리아는 투덜거렸다. 와, 진짜잖아. 양발 사진을 카메라로 찍고 나서 리아는 흩어진 옆머리카락을 매만졌다.

"계속 자란 거야?"

"응."

안정적으로 먹고 자고 충분히 운동을 했기 때문일까. 생존 훈련 프로그램을 하면서도 키는 자랐다. 제복을 몇 번이나 다시 맞추고 생활복이며 운동복, 단화 등을 몇 번이나 배급받았다. 나중에는 물품지원과 담당이 땅에 서서 달에 닿겠다며 혀를 내둘렀다. 그에 비해 리아는 작년에 비해 별로 자라지 않은 것처럼 보였다. 여전히 작았고, 여전히 가벼웠고, 여전히 사나웠다.

"제롬, 이번에도 무중력 정비 필기 낙제 받았지."

"또 낙제였나? 기억하기 싫어서 기억 안 했어."

태평한 대답에 리아가 질린다는 표정으로 제롬을 올려다봤다.

"대체 왜 그래. 필기시험만 몇 번을 치는 거냐? 그러다 신기록 세우겠다."

제롬이 입을 쑥 내밀었다.

"나는 어차피 달에 못 가잖아."

모든 훈련을 함께 받았지만 그중에 달에 갈 사람은 정해져 있었다. 훈련 점수와 신체 점수를 합해서 몇 명, 나머지는 예비조, 그리고 제롬. 달에 갈 수 없다는 걸 알고도 제롬이 항공기계정비반에 지원한 건 성적순으로 갈 수 있는 곳이 그곳뿐이어서였다.

물론 지상에서도 누군가는 기계를 정비해야 했다. 제롬은 그렇기 때문에 항공기계정비반에 남아 있었다. 하지만 달에 가서 뭔가를 고치는 일은 절대 없을 텐데, 내가 그걸 왜 외워. 제롬이 말하자 리아는 머리를 감싸 쥐었다.

"노라가 불쌍하지도 않냐. 노라는 너 때문에 필기시험 문제를 계속 만든다고."

"내가 알 바인가."

리아는 자기 머리카락을 마구 헝클어뜨리며 짜증을 내다가 제안했다.

"너 이번 추가시험 잘 보면 내가 선물 줄게."

"선물?"

"생일 선물로. 뭐든지. 그러니까 필기시험 통과 좀 해. 다들 불안해한다고."

제롬이 눈을 둥그렇게 떴다.

"내가 낙제인데 왜 다른 애들이 불안해?"

리아가 어깨를 으쓱했다.

"친구라서 그런 거 아닐까?"

제롬의 열일곱 번째 생일에 리아는 커다란 빨간 구두를 내밀었다. 앞코가 둥글고 스트랩이 달린 구두였다. 리아의 손보다 훨씬 큰 구두를 받아 들고 제롬은 입을 벌렸다.

"와, 내 발에도 맞겠다. 엄청 크다."

리아가 팔짱을 꼈다.

"맞아야 돼. 다 같이 용돈 탈탈 털었으니까. 다시 맞출 돈은 없어."

제롬의 입꼬리가 기쁨으로 올라갔다.

제롬은 신발과 양말을 벗고 조심스럽게 구두 안에 발을 넣었다. 넓은 발볼이 빨간 에나멜로 가려졌다. 하이힐은 안 된대. 유감이야. 리아의 말을 건성으로 넘기며 제롬은 양발에 스트랩을 채웠다. 발을 구르자 딱, 소리가 단단한 복도 바닥을 타고 올라가 천장까지 울렸다.

"잘 맞아."

제롬이 웃었다.

"신고 춤추러 갈래?"

리아가 에스코트하듯 팔을 내밀며 물었다.

달에 정비 출장을 가기 위해 필요한 조건은 기초대사량이 적고 참을성이 많으며 두려움이 없을 것. 유연한 몸으로 기계의 앞뒤와 구석구석을 손볼 수 있는 제롬에겐 작은 키와 참을성이 없었다. 리아에겐 모든 게 있었다. 리아는 가끔 달에 갔다.

출장자가 뽑히면 달에 가지 못하는 아이들은 출장자에게 자기 소지품들을 건넸다. 달에 같이 갔다 오도록, 자신의 소중한 물건들을 맡기는 것이다. 제롬은 리아가 준 빨간 구두를 리아의 출장 전날 내밀었다.

리아는 단호하게 거절했다.

"이게 들어갈 자리면 식량 일주일 치는 더 실을 수 있어."

"구두 안에 식량 넣으면 안 돼?"

제롬이 울 것처럼 쳐다보아도 리아는 넘어가지 않았다.

"안 돼. 다음에. 자리 남으면."

다음이 언젠데? 제롬은 묻고 싶었지만 참았다. 상처 딱지가 떨어진 지 얼마 되지 않은 리아의 얼굴을 보며. 이렇게 다친 애를 달에 보내는 건 말도 안 되는 일인데. 기압 차 때문에 작은 상처가 출혈을 일으켜 목숨을 잃을 수도 있는데. 그래서 늘 예비조가 있는 건데. 상급생과 싸웠다고 조안은 리아에게 유례없는 중징계를 내렸다. 한 달간 단독 출장.

마사가 제롬을 불러 비밀스럽게 말했다. 다른 아이들에게는 알리지 말고 세 달을 버틸 수 있는 식량과 산소장치를 우주선 화물로 준비해 달라고. 누가 탈 건데요? 기초대사량을 산정하기 위해 당연한 질문이었다. 그러나 마사는 선뜻 대답하지 않고 묵묵히 하늘을 올려다보다가 쥐어짜듯 대답했다.

"리아."

무언가 이상한 일이 벌어지고 있다는 걸, 제롬은 알 수 있었다. 외우지 않아도, 머리가 좋지 않아도 알 수 있었다. 제롬이 할 수 있는 것은 공간이 허락하는 한 최대한도로 식량과 산소를 꾸역꾸역 집어넣는 일 하나였다.

어쩔 수 없으니까.

마사가 요청한 항목을 훨씬 넘겨 식량과 산소칸을 한계까지 채운 후, 제롬은 두 손을 모았다. 신을 믿는 사람들, 제네시스에서 지내며 배운 습관이었다. 그리고 제롬은 미리 준비한 물건 하나를 식량 틈에 끼워 넣었다. 적재량에 잡히지도 않을 작은 물건. 제롬이 리아의 이름을 알게 된 날 가게에서 훔쳤던 구두의 스트랩. 빨갛고 가느다란 플라스틱 끈 조각 하나.

325밀리 빨간 구두를 신는다는 건 무모한 일이었다. 그래도 나는 가져가 달라고 말할 거야. 짐을 채우고 기숙사로 돌아오며 제롬은 생각했다. 그러지 않으면 이상하다고 생각할 테니까. 왜냐면 나는 매번 네가 달에 갈 때마다 똑같은 말을 했으니까.

이건 눈속임이야. 네가 가게 주인에게 눈속임을 해서 내게 작은 빨간 구두를 주었듯이. 너는 그걸로 빚을 갚았다고 했지만 나는 그날 너에게 빚졌어. 그러니까 이걸로 갚을게.

"다음엔 꼭 가져가."

짐짓 울상을 지으며 제롬은 리아의 손을 놓았다.

"잘 먹겠습니다."

샌드위치를 한 입 물며 제롬은 생각했다. 우주에 가 있을 동료를. 짐 안에 들어 있을 빨갛고 작은 구두 스트랩을. 발견했을까? 아직일까? 언제쯤 발견하게 될까? 의문들을 꼭꼭 씹어 삼켰다. 그리고 다행이라고 생각했다. 자신이 기억을 잘하는 사람이라. 지금 이 순간에도 리아와 나눈 모든 대화를 떠올려 낼 수 있어서.

비록 한 번도 달에 간 적은 없었지만 제롬은 달 위에 서 있는 자신을 떠올릴 수 있었다. 빨간 구두를 신고 스텝을 밟는 모습을. 우주복은 입지 않아도 될 것이다. 상상일 뿐이니까. 소리가 없는 공간이겠지만 박수 소리도 들릴 것이다. 꿈이니까. 리아가 제롬을 들어 올리고 빙글빙글 돌 수도 있을 것이다. 달에서라면.

제롬은 그것도 기억하기로 했다.

궤도의 끝에서

닷새만 더 있으면 생일인데. 월면도제작반의 바닥에 누워 모니터들을 올려다보며 리우는 생각했다. 하지만 지구가 반파되기까지 일곱 시간도 안 남았으니까. 리우는 등에 닿는 바닥의 서늘함을 느끼며 크게 숨을 들이쉬었다. 단은 의자에 앉아 두꺼운 안경을 닦고 있었다. 단과 리우의 시선이 한 모니터로 몰렸다. 월면을 비추는 모니터. 문라이터에 장착된 카메라가 보내오는 영상이었다.

"단, 저 안에 사람이 있댔지?"

리우가 고개를 슬쩍 들며 물었다. 단은 고개를 끄덕였다.

"우리가 다 죽으면, 저 애는 얼마나 쓸쓸할까. 달에 혼자 있어야 하잖아."

리우가 말하자 단이 안경을 쓰며 대답했다.

"아니, 그렇지는 않을 거야."

단이 리우를 내려다보며 눈으로 말했다. 너와 내가 노력했으니,

저 애는 지구로 돌아올 거야.

"그래, 그렇지……. 다행이다."

리우가 간신히 미소 지었다. 그래도, 몰랐더라면 좋을 뻔했어. 이 말은 소리 내어 하지 않았다. 어차피 수천, 수만 번을 속으로만 되뇌어 온 말이었다. 반년 전, 지구가 망할 거라는 사실을 처음 안 순간부터. 문득 귀에 들어오는 시계 초침 소리처럼 생각은 불쑥 떠오르곤 했다. 왜 인간은 알기 전으로 되돌아갈 수 없을까?

슈는 그것도 법칙이라고 했다. 2 다음에 4가 오고 그다음에 6이 오면 그다음에는 8이 오는 것처럼. 직각삼각형 빗변 길이의 제곱은 다른 두 변의 길이 제곱의 합과 같은 것처럼. 법칙이라고. 하지만 그래도 자꾸 생각하게 돼. 지구에 소행성이 충돌할 거라는 걸 몰랐더라면, 데이터가 조작되었다는 걸 두 눈으로 확인하지 않았더라면, 의족을 보고 제네시스의 '안내자'가 난색을 표한 그 순간 가지 않겠다고 말했더라면, 제네시스 입학 테스트를 그렇게나 열심히 준비하지 않았더라면, 슈가 '수학은 법칙으로 이루어져 있어.'라는 말을 하며 짓는 미소를 좋아하지 않았더라면.

이렇게 오랫동안 마지막 카운트다운을 하지 않았을 텐데.

리우는 허리가 시리다고 생각했다. 바닥이 차갑구나. 하지만 일어서려면 단을 불러 도움을 받아야 했다. 허벅지 아래로 달린 두 다리는 생활용인 가벼운 의족이었다. 팔 힘만으로 일어날 수 있을까? 리우는 팔꿈치에 힘을 실어 반쯤 몸을 일으켰다가 다시 누웠다. 안 되겠네. 아무래도 밤샘을 너무 많이 했나 봐. 피곤해서 팔에 힘을 줄 수가 없네.

그래도 졸리진 않아.

나는 이미 알아 버렸고, 여기에 있어. 알기에 할 수 있는 일들을 했고 여기에서 나의 마지막을 기다려.

의족. 제네시스가 두 번째로 리우에게 준 것. 첫 번째는 안내자의 난처한 눈빛이었다. 웹캠으로 찍은 상반신 사진에는 지뢰로 잘린 두 다리가 나오지 않았을 터였다. 나무로 된 싸구려 보급 의족, 그것도 짝짝이인 의족을 찬 리우는 안내자의 그 표정을 기억하고 있었다.

리우가 살던 보육원은 내전지의 끝자락에 있었다. 제네시스가 달의 토지를 사들일 때부터 리우가 사는 곳은 내전을 겪고 있었다. 누군가 달의 토지를 모든 나라에게서 사들이는 동안, 누군가는 분쟁 지대의 구석구석에 지뢰를 심었다. 달은 멀었지만 지뢰는 가까웠다. 사람들은 내전이 심해지면 잠시 마을을 떠났다가 돌아왔다. 돌아오는 길에는 지뢰가 흩뿌려져 있었다. 길가에 버려진 곰 인형에도 지뢰가 심어져 있었다. 열 살의 리우는 곰 인형을 발로 건드렸다가 두 다리의 절반 정도를 잃었다. 리우의 부모는 마을 여러 개를 지나 보육원에 왔고, 리우를 문 앞에 놓고 갔다.

리우를 가장 먼저 발견한 것은 슈였다. 슈는 그때 이미 탁해진 시야 안에 리우를 담고, 여기 다리 다친 애가 왔다고 보육감에게 알려 주었다. 리우가 보육감에게 안겨 들어간 그곳엔 아이들이 많았다. 부모가 돌보지 못하게 된 아이들. 부모를 잃었거나 몸의 일부를 잃은 아이들. 지뢰는 주로 아이들을 다치게 했다. 낮은 의자에 앉아 고개를 숙인 리우의 옷자락을 슈가 잡아당겼다. 안녕, 네 이름은 뭐야? 나는 눈이 잘 안 보여. 내 이름은 슈야. 통성명은 그렇게 시작되었다. 자신이 다친 곳을 말하고, 이름을 말했다.

눈에 파편이 들어갔어. 병원도 다 문을 닫아서, 치료하기엔 늦었대. 지금은 희미하게는 보이지만 점점 안 보일 거야. 서로가 서로의 '짝'이 된 그날 밤, 나란히 놓인 두 침대 중 하나에 누워서 슈는 그렇게 말했다. 보육원의 아이들은 두 명씩 '짝'을 이루어 서로를 도왔다. 슈는 리우의 다리가 되었고, 리우는 슈의 눈이 되었다.

구호단체에서 보내온 의족은 양다리 길이가 다른 리우에게 오히려 장애물이 될 때가 많았다. 이렇게 하자. 리우는 좀 더 길게 남은 다리에만 의족을 끼우고 다른 한쪽 팔로는 슈의 어깨를 짚었다. 보육원 안에서라도, 이렇게 하자. 부탁할게. 네가 좀 불편하겠지만…… 너무 아파. 그러니까 남들의 시선이 닿지 않는 곳에서만이라도. 그 말에 슈가 깔깔 웃었다.

난 원래 남의 시선 신경 안 써. 너 좋을 대로 해.

리우는 슈의 어깨에 의지해 지뢰를 피하며 돌아다녔다.

그 어깨를 두고 떠나온 것은 달에 가고 싶어서였다.

태초에, 하나님이, 천지를, 창조하시니라. 슈가 점점 희미해지는 시야 때문에 학교를 그만두었을 때, 제네시스는 달에 영원히 사라지지 않는 메시지를 새겼다. 온 세계의 아이와 어른들이 하늘의 달을 올려다보고 있었을 그 순간, 리우는 보육원 티브이로 슈와 함께 영상을 보고 있었다. 커다랗게 확대해 송출하는 영상이 아니면 슈가 분간할 수 없었고, 마당으로 뛰어나가기에는 리우의 다리가 불편했다. 이듬해부터 제네시스는 후원자가 없는 아이들에게 특별한 기회를 준다며 대대적인 광고를 시작했다.

저중력의 공간. 내 몸무게가 그대로 상처가 되는 이곳이 아닌, 다른 곳. 그곳에서라면 나는 내 무게에 짓눌려 아플 필요가 없을까. 하지만 제네시스가 선택한다는 '특별한 아이'가 될 수 있을까, 리우는 확신이 없었다.

각자의 침대에 누워, 리우는 슈에게 제네시스 광고 이야기를 했다. 목소리가 약간 들떠 있다는 것을 리우 스스로도 느꼈다. 슈는 천장을 향해 누운 채 톡, 톡, 톡 이불 위를 두드렸다. 리우의 설명에도 슈의 표정은 변하지 않았다.

"그런 게 있구나."

"응. 난 달에 가고 싶어."

"그러면 좋겠다."

건조하고 부드러운 슈의 목소리에 설렘은 실려 있지 않았다.

"너는 가고 싶지 않아?"

"누가 안 가고 싶겠어."

"너는 갈 수 있잖아. 공부도 잘하고. 거기로 가면 여기보다 훨씬 좋을 텐데."

리우의 말이 끝나자 슈는 가볍게 웃었다. 남의 시선에 신경 쓰지 않는다고 할 때의 웃음이었다. 불가능하다는 걸 받아들여 버린 웃음. 잠깐의 웃음 뒤, 슈는 리우 쪽으로 고개를 돌렸다. 그 눈에 정말 리우가 보이는지는 오직 슈만 알고 있는 일이었지만, 진지한 이야기를 할 때 슈는 꼭 리우 쪽으로 고개를 돌렸다.

"우주는 캄캄하잖아. 나는 우주를 볼 수 없어."

슈가 말했다.

"너는 가. 내가 도와줄게. 네가 나 대신 달에 가 줘."

열세 살부터 열네 살까지 리우는 밤마다 슈에게 공부를 배웠다. 슈는 특히 수학을 잘했다. 왜 수학을 좋아하냐는 리우의 말에 슈는 대답했다. 수학은 법칙이 있으니까 보이지 않아도 답을 알 수 있어. 낮에는 둘의 생활이 갈라졌다. 리우는 불편한 의족에 의지해 학교에 다녔다. 학교를 그만둔 슈는 수공예 매듭 작업장에 들어갔다. 밤이면 보육원 구석의 낡은 책상에 앉아 같이 연습장을 빼곡하게 채웠다.

슈의 글씨는 점점 커졌다. 작게 쓰면 안 보여. 슈가 눈을 비비며 말했다. 열네 살의 끝 무렵에는 슈의 시력이 더 나빠졌다. 리우가 연습장에 공식을 쓰고 답을 내놓으면 슈는 그것을 암산으로 되짚은 다음 리우에게 말했다. 수는 눈을 감아도 계산이 되는 게 참 좋아. 눈을 감아도 원을 그릴 수 있고 각도를 잴 수 있고. 내 안엔 커다란 연습장이 있는 거나 마찬가지야. 처음 만났을 때보다 훌쩍 커 버린 슈가 말했다.

시험은 보육원의 컴퓨터로 칠 수 있었다. 슈가 없는 어두운 밤에 리우는 홀로 문제와 싸웠다. 시험을 다 치고 돌아오자 슈가 침대에 앉아 리우를 기다리고 있었다. 방으로 돌아온 리우를 안아주려 슈가 일어나 다가왔다. 슈의 팔이 리우에게 닿지 않아, 리우는 두 걸음 앞으로 다가갔다.

슈의 팔이 리우의 목과 몸을 감쌌다.

"수고했어."

목과 어깨 사이에서 울리던 목소리.

시험을 친 직후라 힘이 빠져 버린 어깨를 통해 전해지던 입김의 온도.

"이게 우리 작별 인사가 되면 좋겠다."

리우만큼이나 긴장했는지 차갑던 슈의 손. 줄곧 잡고 다니던 손. 굳은살이 자리 잡아 가는 손.

그 손을 놓아야 둘의 계획은 성공이겠지만, 리우는 그 손을 영원히 놓고 싶지 않기도 했다.

리우가 단에게 그 이야기를 털어놓은 것은, 리우가 살던 지역에 폭우가 내려 산사태가 났다는 뉴스를 보고 나서였다. 보육원과 장애인 그룹홈은 대피가 늦어 생존자가 적을 것으로 예상됩니다. 뉴스의 멘트가 리우의 허벅지를 내려치는 것 같았다. 실종자 명단에는 슈의 이름이 있었다. 18세라는 낯선 나이를 달고. 리우는 의족과 허벅지의 경계 부분을 주먹으로 꾹 눌렀다.

"폭우가 오면 우리는 밖으로 못 나갔어. 폭우가 그친 후에도 한참 동안. 비는 지뢰 위치를 다 바꿔 놓거든. 우리는 지뢰 지도가 있어야 나갈 수 있었어. 구호단체나 지뢰제거반이 새 지뢰 지도를 만들어서 주면, 그걸 들고 슈하고 내가 천천히 돌아다녔어. 우리 둘이 같이 있어도 늘 조마조마했는데……."

말끝을 맺지 못하는 리우를 보던 단이 입을 열었다. 우리한테는, 이라고 말머리를 꺼낸 단은 다시 입을 닫았다. 단의 입은 그날 다시 열리지 않았다. 다행일지도 몰랐다. 그날, 그 순간 그 말을 들었다면 리우는 지체 없이 단에게 주먹을 날렸을 테니까.

우리한테는, 잘된 일인 걸지도 몰라.

그러나 단이 그 말을 끝내 하지 않아서, 단이 그날 '비밀'을 털어놓지 않아서 리우는 나중에야 단에게 달려들 수 있었다.

합격 통지가 도착하고 며칠 후 안내자가 보육원으로 왔다. 리우는 의자에 앉아 안내자를 올려다보았다. 안내자는 어딘가로 전화를 걸어 한참 말씨름을 했다. 그 시간이 리우에게는 지구가 한 바퀴를 돈 것처럼 길게 느껴졌다. 화를 낼까. 침을 뱉고 물건을 집어 던질까. 나가 버릴까. 화농이 잡힌 다리 양 끝이 욱신거렸다. 슈가 있다면 좋을 텐데. 슈는 수공예 작업장에서 새 교육을 받고 있을 시간이었다. 리우는 고개를 숙였다. 나는 혼자서는 이 방을 걸어 나갈 수도 없는 사람이구나.

실제로는 약 삼십 분 정도였다고, 나중에 안내자는 리우에게 말했다. 제네시스로 가기 전, 더 이상 뼈가 자라서 화농이 잡히는 일이 없도록 외부 병원에서 성장 정지 수술을 받고 회복실에 있을 때였다. 어…… 만약 네가 원하면, 키 정도는 의족으로 얼마든지 크게 할 수 있으니까. 안내자는 난감한 표정으로 농담을 했다. 너는 이제 마음대로 키를 조절할 수 있는 거야. 그렇게 생각해 봐. 골격 평균 길이로 맞춘 의족을 달자 리우의 키는 155센티미터였다. 리우는 그때 처음으로 자신의 키를 알았다. 슈, 나는 내 키가 몇인지도 몰랐어. 그리고 너도 내 키가 몇인지 몰랐고.

아마 앞으로도 모르겠지.

더 이상 자라지 않을 두 다리에, 가볍고 튼튼한 의족을 달고, 리우는 비행기를 타고 제네시스로 향했다. 아득하게 큰 섬이라고, 아마 리우가 살던 나라만큼 클 거라고, 그 안에 모든 것이 갖춰져 있다고 안내자는 말했다. 그러니까 앞으로는 밖에 나갈 수 없어. 연락도 할 수 없고.

"괜찮아요."

작별 인사는 예전에 끝냈으니까. 하지만 그 순간, 리우는 못 견디게 슈가 보고 싶었다.

무엇이든 원하는 것을 배울 수 있게 해 준다던 제네시스의 광고는 거짓말이었다. 정확히는 리우에게만은 거짓말이었다. 담당자는 태블릿을 리우 앞에 놓고 설명했다.

"열다섯 살이랬지. 직업반을 미리 정해 놓고 1년의 교육 기간을 거치게 될 거야. 입학하자마자 실무를 하는 건 어려울 테니까. 어디 보자. 시력 정상, 청력 정상, 반사신경 정상, 정서적 안정도 정상 수치. 그런데…… 수술 경력이 있고, 의족 착용이 필수. 그러면 선택지가 많지 않아. 발사체 충격 훈련이 접합부에 자극을 줄 수 있으니까 달로 출장을 가는 건 불가능하고, 기계 수리 같은 것도 어렵겠구나. 몸에 부담이 가니까. 게다가 지금 제네시스 안에 장애인 이동 가능 영역을 다 고려하면…….”

담당자가 리우의 테스트 결과지와 리우가 자력으로 이동 가능한 구역이 표시된 제네시스 내부 지도를 함께 펼쳐 놓았다.

“점수는 뭐 하나가 특별하게 뛰어나진 않네. 가장 열심히 공부했던 게 뭐야?”

“수학이요.”

달에 가지 못한다는 아쉬움과 서러움이 섞여서 눈물이 떨어질 것 같았다. 리우는 얼굴을 닦는 척 손끝으로 몰래 고인 눈물을 훔쳐 냈다.

“수학 말고, 테스트 과목 말고도 네가 좋아하는 건?”

좋아하는 것을 정할 수 있을 만큼 속 편한 환경은 아니었다. 살기 위해 익혀야 했던 것이 대부분이었다. 천둥소리에, 바람 소리에, 창틀이 삐걱거리는 소리에 내일이 없을 수도 있다는 생각을 수도 없이 했다. 이제 그런 걱정은 하기 싫은데. 할 필요도 없는데. 그래. 나는 이제 발을 디딜 때마다 생존을 걱정할 필요가 없어.

“……좋아하는 건 모르겠지만, 지도를 잘 보긴 해요.”

“그럼 여긴 어때?”

담당자가 가리킨 곳은 홀 1층에서 화물용 엘리베이터를 타고 올라가 3층에서 내리면 몇 걸음 앞이었다. '월면도제작반'이라는 이름에 리우가 오래도록 시선을 고정시켰다.

"네."

1년간의 교육을 마치고 리우는 직업반에 들어갔다. 월면도제작반의 유일한 직원인 단은 느긋한 성격이었다. 혼자서도 꾸려 갈 만한 곳인데, 새 직원이 들어올 줄은 몰랐네. 낄낄 웃으며 커피 한 잔을 내어 주는 단은 안경을 쓰고 있었다.

"내 시력? 많이 나빠. 어릴 때 광공해에 노출된 적이 있거든."

그래서 자신도 갈 수 있는 곳이 많지 않았다고, 단은 두꺼운 안경을 천으로 문질러 닦으며 말했다.

"내 친구도, 눈이 많이 나빠요. 나쁘다기보단 실명에 가깝지만."

"그래? 아, 네가 살던 데가 분쟁 지역이랬지. 대충은 들었어."

"네. 그래서…… 사실은 친구가 공부를 훨씬 잘했는데, 저보고 가라고 하더라고요."

그날, 월면도제작반의 여러 가지 기계와 제네시스에 대한 설명을 들으면서 리우는 내내 입술을 깨물고 있었다. 저중력의 공간에 가고 싶어서 자신은 이곳에 왔다. 그런데 여기서 설명이나 듣고 있어야 한다니. 어쩔 수 없는 일이라고 해도 자꾸 입술을 깨물게 되었다.

일그러진 리우의 얼굴을 보고 단은 한숨을 쉬었다.

"좋은 거 보여 줄게. 얼굴 풀어."

그러더니 모니터에서 달의 실시간 영상을 모두 끄고, 대신 월면도 프로그램을 켰다. 아바타 설정을 이리저리 조작해 리우와 비슷한 형상을 만든 단은 리우의 손에 컨트롤러를 쥐여 주었다.

"걸어 봐."

리우의 손이 스틱을 앞으로 밀자 아바타가 한 걸음, 앞으로 내디뎠다.

제네시스의 메시지 사업은 땅을 판다는 점에선 부동산 임대업과 비슷하기도 했다. 단지 그 땅이 주거 구역도 임야도 농업지대도 아니고 매우 제한된 사람들만 발을 디딜 수 있는 저 달에 있다는 것을 제외하면. 사람들은 제네시스에게서 달의 일부분을 샀고 구매한 면적에 자신이 원하는 메시지를 남길 수 있었다.

리우와 닮은 아바타는 달 위를 걸으며 발자국을 남기지 않았다. 리우는 메시지 위를 가로지르고, 건너뛰고, 이리저리 방향을 바꿔 가며 글자와 글자 사이를 걸었다. 리우의 발이 메시지 위를 디딜 때마다 메시지의 소유주, 새겨진 날짜, 내용, 임대 기간이 화면에 떠올랐다.

"매끈매끈해진 달에 왜 지도가 필요한지, 궁금하지 않아?"

단이 구 하나를 만들고 화면을 확대했다. 확대하고 또 확대하자 아바타가 화면의 반을 채울 만큼 커졌다. 그 아바타의 앞에 펼쳐진 땅은 곡면보다는 평면에 가까웠다. 너무도 넓어서 둥글다고 인식하기조차 힘든 땅. 단은 메뉴로 들어가 몇 가지 사항에 체크를 했다. 아바타의 왼쪽에 하나, 오른쪽에 하나, 공이 나타났다. 그러고 단은 공 두 개를 동시에 낙하시켰다.

떨어진 공은 서로 다른 방향, 다른 속도로 굴러갔다. 빠르게 굴러가던 공 하나는 어느 경계면에 걸린 듯 툭, 하고 멈춰 버렸다. 안전 지역이 끝남을 알리던 허술한 철조망이 생각나 리우는 눈을 깜박였다.

"땅의 성질 때문이야. 달의 표면을 제네시스가 평탄화했지만, 지표면의 성질까지 통일시킨 건 아니야. 달도 여러 가지 광물이 뒤섞인 땅이야. 광물의 비율에 따라 많은 게 달라지지. 모래땅에서는 공이 구르지 않고 유리 위에서는 끝없이 구르는 것처럼."

단은 모니터에서 눈을 떼고 리우의 눈을 들여다보았다.

"지면을 구성하는 광물이 무엇인지 안다면, 달에서는 땅만 더듬어도 길을 찾을 수 있어. 중요한 건 이게 아니고…… 지면 속성이 균등하지 않기 때문에 메시지를 새길 때 문라이터는 다양한 도구를 사용해. 그래서 지도가 필요한 거지. 각각의 도구를 쓸 때 에너지 낭비를 최소한으로 줄이려면 공학이 필요하고."

중요한 건 그게 아니라니.

우주는 캄캄하니까 자신은 갈 수 없다고 슈는 말했다.

땅만 더듬어도 길을 찾을 수 있다면 슈는 달에서는 길을 잃지 않을 수도 있었다. 진흙땅과 자갈밭과 모래밭을 구별해 가며 제자리로 돌아올 수 있었다. 아주 멀리 돌아오는 길이라도, 불가능은 아니었다.

같이 올 수 있었다면, 좋았을 텐데. 떠나보낸 미련이 한 바퀴 돌아 다시 리우의 가슴을 두드렸다.

'작별 인사'를 마친 날 밤이었다. 리우는 잠들지 못하고 누운 채 최대한 뒤척이지 않으려 애쓰고 있었다. 슈는 기척에 민감하니까 리우가 조금만 움직여도 잠이 깰 터였다. 잠시 후 슈의 자리에서 부스럭 소리가 나더니 몸을 일으키는 소리가 들렸다. 내가 깨웠나. 리우는 미안해하면서도 눈을 감고 자는 척했다. 슈의 서늘한 손이 리우의 이마에 닿았다. 왜 깨우지 않지. 화장실 가고 싶으면 깨우면 될 텐데. 리우가 궁금해하는 사이 슈가 속삭이듯 말했다.

"다행이야. 내게 남은 빛을 너에게 줄 수 있어서."

그리고 슈는 다시 자기 침대로 돌아가, 잠들어 버렸다. 리우는 슈가 깰까 봐 슈의 손이 닿았던 이마를 만지지도 못하고 꼬박 밤을 새웠다.

달에 설치된 카메라가 매일 수십 장의 사진을 보내왔다. 리우와 단이 하는 일은 그 사진들을 받아 현재 월면도상의 소유주와 맞춰 보고, 재등록하거나, 삭제 판단을 하거나, 그 메시지들을 월면도 프로그램에 전송해 모니터에 글씨로 뒤덮인 달을 떠오르게 하는 거였다.

또 하나의 업무가 있었다. 위성이 보내오는 행성 좌표들의 기록과 조정. 이건 아무한테도 말하면 안 돼. 네 룸메이트에게도. 단은 보기 드물게 단호한 표정으로 말했다. 비밀인가요, 라고 리우가 묻자 단은 비밀이라고 대답했다. 리우는 잠자코 고개를 끄덕였다. 룸메이트에게도 비밀이라는 건 아주 중요한 비밀이라는 뜻이야. 단이 설명했다. 리우는 이번에는 끄덕이지 않고 바닥을 내려다봤다. 어떤 룸메이트라도 보육원의 룸메이트보다는 가까워질 일이 없겠지, 그렇게 생각하면서.

수없이 많은 좌표가 매일 도착했다. 끊임없이 움직이는 행성들의 위치를 관측한 거야. 단은 스크롤을 내리다가 안경을 벗고 눈을 비비며 이어 말했다. 그런데 고쳐서 기록해야 해. 여러 개의 위성이 동시에 관측해서 오차를 줄이지만, 그래도 오차가 나거든. 오차 교정 프로그램은 내가 가지고 있어. 단은 그 프로그램만은 리우와 공유하지 않았다. 크게 신경 쓰이는 일은 아니었기에 리우는 굳이 프로그램 키를 달라고 하지 않았다. 단지 단이 고쳐서 준 좌표들을 행성 궤도 추적 시뮬레이션 프로그램에 입력할 뿐이었다.

수정된 좌표는 가장 성적이 우수한 아이들이 일하는 곳으로도 보내졌다. 우주기상통제국이었다. 그곳의 국장인 싱은 단이 쓰는 오차 교정 프로그램이 아닌 다른 공식을 이용해 좌표를 한 번 더 검토한다고 했다. 일부가 재수정되어야 한다는 메모와 함께 싱 국장이 숫자를 보내오면, 리우는 그 숫자를 다시 프로그램에 입력했다. 리우는 가끔 시뮬레이션 프로그램 속에서 행성들의 공전 속도를 최대로 올려 보고는 했다. 그러면 우주가 마치 춤추는 것 같았다.

"이 소행성 구역 수치가 제일 재수정률이 높아. 관측 위성에 문제 있는 거 아닌가?"

리우가 투덜거리며 시뮬레이터의 숫자를 고쳤다. 단은 설탕을 잔뜩 넣은 커피를 휘저으며 대답했다.

"어쩔 수 없어. 고장 난 건 아니고, 위성 프로그램은 나름 애쓰고 있는 거야. 오차율을 더 낮출 수는 없다더라."

"프로그램 오류가 앞으로도 계속 날 거라는 얘기야?"

"응. 매일 변하는 우주가 문제지, 프로그램이 문제인 게 아닌걸."

고장이 아니라고, 단은 그렇게 말했다.

절반의 사실과 절반의 거짓말.

제네시스에서 리우의 첫 룸메이트는 짝사랑에 빠진 아이였다. 안절부절못하다가, 고백을 하겠다고 선언하다가, 오늘도 고백하지 못했다고 한숨을 쉬기도 했다. 손잡고 싶어. 껴안고 싶어. 투덜거리고 멍한 눈빛으로 중얼거리는 룸메이트. 처음으로 입을 맞췄다며 어느 날 룸메이트는 싱글벙글 웃는 얼굴로 리우에게 한바탕 자랑을 했다.

"스무 살이 되면 기숙사 밖에서 원하는 사람이랑 살아도 되잖아. 빨리 스무 살이 되고 싶어. 매일 같이 자고, 밥도 같이 먹고, 자기 전에 굿나잇 키스 하고."

조금 붉어진 룸메이트의 얼굴에 대고 리우는 물었다.

"어⋯⋯ 그런 게 네 꿈이야? 같이 자고 같이 밥 먹고?"

떨떠름한 리우의 표정에 룸메이트가 어리둥절한 표정으로 답했다.

"보통 다 그렇잖아. 좋아하니까."

그런 게 누군가에겐 동력이 되나? 신체 접촉을 하고 싶다는 생각이? 그건 생존 스킬이 아니었나. 리우는 잠들지 못하고 뒤척였다. 리우가 원해서 슈와 짝이 된 게 아니었다. 다른 사람이 짝이었다면 리우는 다른 사람 옆에서 잠들었을 것이다. 하지만 그랬다면 지금 나는 어디에 있었을까. 상상해 보았지만 아무것도 떠오르지 않았다. 깜깜한 우주 같다고 생각하며 리우는 잠들었다.

수성의 공전주기 88일. 금성 225일. 화성 687일. 천왕성 84년. 해왕성 165년. 그러니까 사람은 보통 천왕성이 태양 주위를 한 바퀴 도는 시간만큼 살고 죽는구나. 기초천문학 교과서를 들여다보다 리우가 단에게 툭, 말을 던졌다.

"단은 연애 안 해?"

"갑자기 왜?"

단이 일을 하다 말고 리우를 돌아보았다.

"룸메이트가 연애해서."

단은 음, 하고 고개를 끄덕거렸다.

"사랑에 빠지면 사람이 시끄러워지던데, 리우 고생하겠다."

"좀 시끄러워."

단이 일로 돌아가려는 것 같아, 리우는 다시 물었다.

"그래서 단은 연애 안 해?"

단은 도망가려다 잡힌 아이처럼 곤란한 표정이었다.

"그야…… 아니다. 직업상의 규칙입니다. 나는 연애 안 해."

리우가 헛웃음을 흘렸다.

"나도 연애하지 말라는 소리네."

그때 단이 넘겨 버리고 말하지 않았던 것을, 리우는 나중에 스스로 깨달았다. 지구가 반파되기 약 반년 전에. 단이 하려던 말은 '그야 어차피 모든 게 끝나 버릴 테니까.'였다고.

단이 오전 회의를 간 날이었다. 리우는 싱 국장이 보내온 숫자를 보다가 이맛살을 구겼다. 또 이 부분에서 오류가 났네. 좌표를 수정하려는데, 입력해 놓은 데이터가 보이지 않았다. 실수로 저장을 하지 않은 모양이었다. 지난번에도 이런 적이 있어서 단에게 다시 데이터를 받았었다. 리우는 어떻게 할까 고민하다가 단의 컴퓨터를 켰다. 남의 컴퓨터를 켜는 건 곤란한 일이지만, 애초에 로그인 생체암호라도 걸어 놨으면 못 보는 거니까 켜 보기만 하자. 리우의 다짐을 무시하듯 단의 컴퓨터는 모니터만 꺼져 있는 상태였고, 아무런 보안도 걸려 있지 않았다.

"참 경계심도 없네. 뭐야, 프로그램도 안 껐어?"

단의 컴퓨터에는 시뮬레이션 프로그램이 켜져 있었다. 리우도 매일 보는 익숙한 화면인데, 왜인지 낯설게 느껴졌다. 단의 모니터에 떠올라 있는 우주는 무언가 달랐다.

"소행성이 이렇게 움직일 수가 없는데?"

유독 수정이 잦은 부분이라 기억하고 있었다. 거대한 바윗덩이들의 움직임. 움직이는 방향은 정해진 공식을 따른다. 그런데 두세 개의 소행성이 리우가 아는 것과는 다른 움직임을 보이고 있었다. 단이 보는 우주에는 리우가 매일 위치를 재수정해야 했던 소행성 AZ-884가 없었다. 그리고 AZ-884의 중력에 이끌려 다른 곳으로 가거나 AZ-884와 충돌해 소멸됐어야 할 소행성들이 멀쩡하게 살아 있었다. 그중 하나의 예상 궤도는 정확히 지구를 관통했다.

이게 뭐지?

"AZ-884가, 만약 실존하지 않는다면……."

소리 내어 말하며 리우는 자신의 말이 무엇을 뜻하는지 찾아 헤맸다. 시커먼 해답이 떠오르는 순간, 단이 월면도제작반의 문을 열었다.

"리우, 회의가 좀 일찍 끝나서 말인데, 잠깐……."

단은 혼란스러운 표정의 리우와 모니터를 번갈아 보고 말을 멈췄다.

리우는 기다렸다.

뭐가 틀렸는지, 단이 말해 주기를.

"알아 버렸네."

단은 중얼거리며 등 뒤로 문을 닫았다.

리우는 손에 잡히는 머그잔을 있는 힘껏 집어 던졌다. 머그잔이 벽에 충돌해 깨지고, 파편이 단의 눈가로 날았다. 두꺼운 안경

너머로 가느다란 핏줄기가 흘러내렸다. 핏줄기를 손등으로 훔치는 단에게 리우가 달려들었다. 갑작스러운 운동에 의족이 다리 안을 파고들어 아팠지만 그런 고통 따위 리우에게는 아무래도 상관없었다. 목이 콱 막혔다. 소리도 나오지 않았다. 머리가 뜨거워졌다. 시커먼 해답이 찬란하게 빛났다.

"날 속였어?"

단이 고개를 끄덕였다.

"말할 수가 없었어."

"왜! 네가 나를 속여서 어쩔 건데? 왜 속인 거야?"

멱살을 단단히 틀어잡은 리우를, 리우의 몸을 받치고 선 의족을 보며 단이 말했다.

"네가, 밖에…… 두고 온 게 있었으니까."

슈의 죽음을 인정해 버렸을 때, 사실 말해도 되는 일이었는데, 어쩐지 그럴 수가 없었다고 단이 말했다. 단의 명치를 향해 리우의 주먹이 날아갔다. 단은 넘어지면서도 키득키득 웃었다.

"우리는 밖에 아무것도 두고 오면 안 되는데, 밖에 지킬 게 있으면 안 되는데 너는 그걸 두고 와 버렸잖아. 그래서 말 못 했어. 네가…… 슈가 죽었다고 말했을 때는, 그 죽음을 다행이라고 생각하는 내가 괴물 같아서 말을 못 했어."

리우의 목소리가 갈라졌다.

"저게, AZ-884가 없으면 무슨 일이 일어나?"

주저앉은 단이 말했다.

"내년 4월쯤, 지구와 지름 800미터 이상의 소행성이 충돌해."

단은 비틀대며 일어섰다. 쥐어짜듯 웃으며 의자를 끌어다 앉은 단이 명치를 감싸 쥐었다.

"어쩔 수 없어. 우리는 다 죽을 거야. 심지어 수십 번도 넘게 위성 무기를 발사해서 궤도를 조정하기까지 했다고. 충돌 지점이 이 섬이 되도록."

"멍청한 소리 하지 마."

리우가 단의 의자 팔걸이를 두 손으로 잡았다.

"내가 왜, 어떻게 여기까지 왔는데!"

소리쳤다. 머릿속이 타오르는 것 같다고 리우는 생각했다. 살고 싶다는 욕망일까. 아니면 바보같이 속아 온 것에 대한 화풀이일까. 분간하기 어려웠다. 슈와 건넌 진흙탕들이 떠올랐다. 불편한 의족으로, 흐려지는 두 눈으로, 살기 위해 경계와 지역을 외우고 또 외웠다. 제네시스로 간다면, 좀 더 행복하게 살 수 있을 거라고 생각했다. 슈와 함께 오고 싶었지만, 기회는 리우에게만 주어졌다. 그것은 생존의 기회였다.

"우주기상통제국에선 계속 공격하고 있어. 그리고 깎고 있어. 날아오는 소행성을 작게, 조금이라도 작게 만들고 있어. 그래 봤자

이 섬은 통째로 날아가 버리겠지만……."

단의 침착함이 참을 수 없이 나약하게 느껴졌다. 리우는 단의 코앞에 얼굴을 들이대고 으르렁거렸다. 모든 감각을 동원해 지뢰를 피해 다니던 날들. 본능으로 위험을 감지하던 보육원에서의 시간들. 살기 위해 했던 어깨동무와 포옹과 서로를 의지하던 나날들.

"슈는 나를, 살리려고 여기 보냈어."

단을 뒤에 두고 리우는 혼자 월면도제작반을 빠져나왔다. 달리고 싶었지만 달릴 수 없었다. 왼발과 오른발이 자꾸만 엇나갔다. 복도 끝까지 기다시피 씩씩거리며 갔다. 망할. 젠장할. 빌어먹을. 말도 안 돼. 의족이 무겁게 느껴졌다. 엘리베이터는 타고 싶지 않았다. 리우는 비상계단을 엎드려 기어올랐다. 눈앞이 부옇게 흐렸다. 옥상 문이 무거워 잘 열리지 않았다. 리우는 숨을 크게 들이쉬고 온몸을 문을 향해 날렸다. 문이 열리며 리우는 옥상 바닥으로 나뒹굴었다.

낮이었다.

바닥은 뜨거웠다.

다른 건물들이 보이고 건물 창 너머로는 다른 사람들이 보였다.

평화롭기만 한 이 일상들이 사라진다고, 단은 말했다.

"아— 으아아, 아아아아아악!"

리우는 엎드린 채 소리 질렀다. 슈는 이제 세상에 없다. 그렇다면 나는 왜 여기 있지? 아무것도 몰랐다면 리우도 슈와 껴안고 그 폭우에서 함께 매몰되어 죽었을 것이다.

"으아, 아아아, 으으으……."

격렬한 움직임 뒤로 통증이 찾아왔다. 의족과 허벅지의 접합부부터 배와 목에 이르기까지. 리우는 웅크리고 울다가, 울다가 깨달았다. 자신에게는 이제 정말 아무것도 없다는 것을.

"슈……."

슈의 얼굴을 리우는 떠올렸다. 시험을 치던 날의 마지막 인사. 손이 차가워지도록 긴장하며 슈는 대체 무슨 생각을 했을까. 어떤 마음으로 나를 보내고 싶어 했을까. 함께 손을 잡고 걷고 또 걷던 나를. 그 손을 놓는 순간 슈 자신이 살아남을 가능성이 줄어든다는 걸, 슈는 알았을까. 규칙과 가능성을 알고 있던 슈니까,

알았겠지.

알았지만 나를 보냈겠지.

하지만 슈조차도 이렇게, 세상이, 통째로 사라질 날이 가까워지고 있다는 것은 몰랐을 것이다.

뜨거운 바닥은 해가 지자 서늘하게 식어 갔다. 몇 시간이나 지났을지 짐작도 가지 않았다. 다행이야. 내게 남은 빛을 너에게 줄

수 있어서. 그날 밤 슈의 목소리를 리우는 끊임없이 되새기고 있었다. 슈가 건네준 것. 리우를 살도록 하겠다는 의지에 대해서. 자신에게 남은 빛이 사라지기 전에 다른 사람에게 전해 주고 싶어 한 마음에 대해서.

소리는 끊이지 않고 리우의 귓가로 찾아왔다. 웃음소리. 외침 소리. 사람들의 언어. 나뭇잎을 스치는 바람. 모두 죽어 버릴 사람들인데 살아 있다. 죽으면 아무 소리도 안 들리겠지. 슈는 고요한 것을 무서워했다. 보이지 않는데 아무 소리도 안 들리면 너무 쓸쓸해. 그렇게 이야기하며 리우의 몸을 찾아 기댔다. 심장 소리를 찾아서. 리우의 목소리를 찾아서.

이 세상이 고요해지면, 그건 너무 슬프잖아.

이 별에 침묵만이 가득하다면, 슈가 두려워하는 곳이 되어 버린다면, 그건 너무하잖아.

누구라도 살아서 이 별에서 소리를 내 주었으면 좋겠어.

그게 내가 아니더라도.

배가 고프고 현기증이 났다. 돌아가야 해. 리우는 문손잡이를 잡고 매달려 일어섰다. 3층으로 내려갔다. 단은 거기 있었다. 비상계단 앞에 웅크리고 앉아 있었다. 온몸이 먼지 범벅이 된 리우가 웅크린 단 위로 무너졌다. 리우는 속삭였다.

"난 죽기 싫어. 그래도 내가 죽을 수밖에 없다면, 지구에 아무도 남지 않는 것만은 막게 해 줘. 제네시스가 지금 하고 있다는 일, 나도 하게 해 줘."

리우의 몸 아래에서 단이 고개를 끄덕였다.

아무 일도 없었다는 듯 단과 리우는 각자의 기숙사로 돌아갔다. 다음 날 리우는 보건실에 가서 넘어졌다고 거짓말을 했다. 의족의 축이 뒤틀려 있었다. 일주일 정도는 가만히 있어야 해. 담당자의 말대로 리우는 일주일 동안 월면도제작반에 가지 않았다. 일주일 동안 반복해서 생각했다.

몰랐더라면, 아니 이 모든 걸 미리 알았더라면 어떻게 되었을까. 지금에야 알게 된 것엔 어떤 의미가 있을까. 내가, 그 의미를 만들어 낼 수 있을까.

일주일 후 얼굴에 반창고를 붙인 단과 리우가 월면도제작반에 마주 앉았다.

리우가 먼저 말을 꺼냈다.

"언제부터야?"

"오래전부터. 문라이터가 생기기도 전이야. B-3844의 위험성이 확정되고 본격적으로 플랜이 가동된 건 5년 전이지만. 애초에 문라이터 사업을 시작한 게 소행성 공격용 위성 무기의 개발 비용을

충당하기 위해서였으니까. 물론 이걸 아는 건 극소수야. 우주기상통제국에서도 국장급뿐이야. 우주기상통제국 애들은…… 더 작은 소행성들을 부수느라 바빠. 작은 위험 여러 개로 큰 위험을 가려 버리는 거지."

제네시스가 달의 표면을 갈아엎어, 그 위의 육지와 바다를 지웠듯이.

달의 땅을 모조리 사들인 회사. 지구로 날아오는 소행성을 막기 위해 달을 광고판으로 사용하는 회사. 보호자가 없는 아이들 중 재능 있는 아이들을 데려다가 연구원으로 키운다는 회사. 그리고 한번 기회를 받아들이면, 다시는 놓아주지 않는다는 회사. 슈가 리우를 보낸 곳.

"비밀을, 지켜 줘. 애들이 혼란에 빠지면 다른 일들도 엉망이 될 거야."

단의 말에 리우는 대답 대신 손을 뻗었다. 손을 뻗어 단의 얼굴에 붙은 반창고를 톡, 두드렸다. 알았어. 그렇게 할게. 그리고 미안해.

"말했듯이, 지구를 비껴가게 하는 건 불가능했어. 할 수 있는 건 소행성의 크기를 줄이는 게 전부야."

"난 뭘 하면 돼?"

"우주기상통제국에서 소행성을 공격할 수 있게, 궤도를 계산해 줘. 나도 같이 할 거야."

"할게."

갑자기 둘의 일이 늘어났다. 거짓을 꾸며 내는 일은 그대로. 그러나 아주 약간의 발버둥을 치는 일이 더해졌다. 수많은 가설과 계산이 종이와 태블릿을, 전자 보드를 메웠다가 지워졌다. 조금이라도 더 크기를 줄이려면 어떤 부분을 언제 깎아 내야 하는지를 의논했다. 조안과의 면담도 수차례 이어졌다. 그렇게 해서 줄어든 소행성의 크기는, 여전히 지구의 문명을 대부분 박살 내기에 충분한 크기. 최종 목적지는 제네시스가 있는 섬.

충돌 일주일 전, 제네시스 전체에 전달 사항이 내려왔다. 출입구 통제와 동시에 소행성 충돌에 대한 브리핑이 실시되었다. 울음을 터뜨리는 아이들도 있었다. 어떻게 이럴 수 있느냐며 분노하는 아이들도 있었다. 분노도 울음도 채 열두 시간을 가지 못했다. 결국, 충돌 6일 전을 몇 시간 남기고, 전원 제자리로 복귀했다는 보고가 건조하게 온 건물 안을 울렸다. 후견자가 없는 아이들. 밖에서 기다리는 사람이 없는 아이들. 지켜야 할 것은 오직 울타리 안에서, 스스로 만들어 낸 것뿐인 아이들은 어쩔 수 없이 합의했다. 함께 마지막을 맞겠다고.

리우는 충돌 이틀 전부터 월면도제작반 안에 머무르는 쪽을 택했다. 마지막의 마지막까지 움직이기 위해 이틀 밤쯤은 샐 수 있잖아. 리우는 그렇게 말하며 의족을 마른 수건으로 닦았다. AZ-884가 존재하지 않는 우주가 모니터에 띄워졌다. 모든 숫자가 올바르게 기록된 행성 궤도 추적 시뮬레이터. 행성은 더 이상 가상의 방해를 받지 않고 제네시스를 향해 다가오고 있었다. 단도 옆에서 가만히 시뮬레이터를 보았다. 배가 고프면 월면도제작반 안에 두었던 과자를 먹고, 목이 마르면 물을 마셨다.

"북반구 일부는 무사할 거야. 스발바르제도의 국제 종자 저장고를 포함해서."

피곤이 역력한 단의 목소리에 리우가 고개를 들었다.

눈가에 흉터가 남은 단이 리우를 보고 있었다.

"네가 수학을 잘해서 다행이야."

단이 말했다.

사람이 사는 시간이 천왕성의 한 바퀴쯤이라고 생각하던 때가 있었다. 그러나 토성의 공전주기인 29년도 살지 못하고 사라지게 되었다. 리우는 서랍 안에 있을 기초천문학 교과서를 생각했다. 어둠 속에서 긴 궤도를 도는 행성들의 시간이 기록된 책.

슈, 우리의 궤도가 평행선이 아니어서 다행이야. 평행선이 아니라면 하나쯤은 교차점이 있지. 우리는 그 보육원에서 교차점을 이루었고, 시간이 지나 다시 멀어졌다 해도 교차점이 있었다는 사실은 변하지 않아.

그 교차점이 누군가의 생을 구하기를.

"슈가 한 일이나 마찬가지야."

리우가 대답했다.

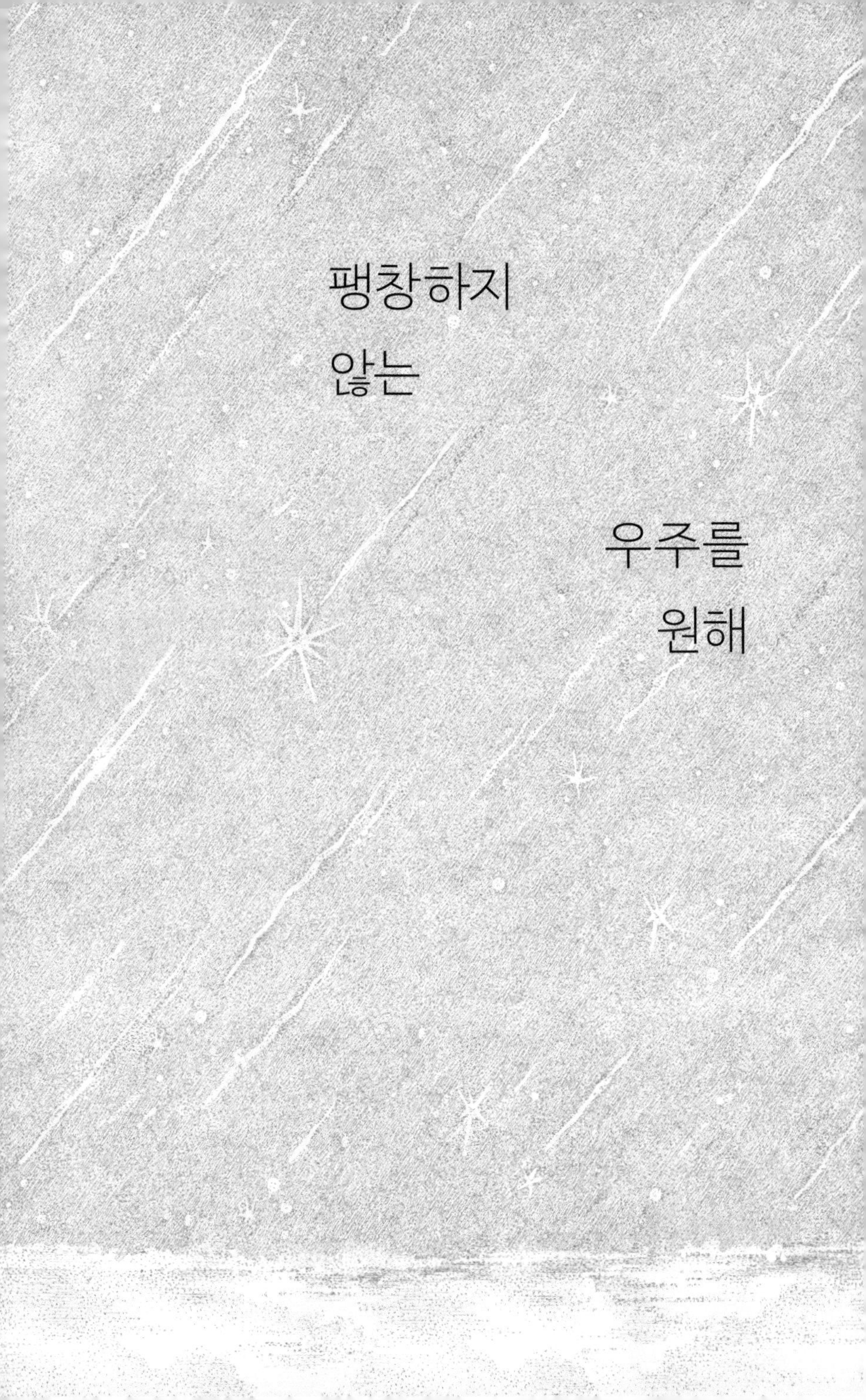

팽창하지
않는
우주를
원해

신이시여, 당신이 이 세계를 만들었다면, 우리가 당신이 빚어 만든 피조물들이라면, 그래서 엄마와 아빠가 당신의 부름을 받아 떠난 거라면 나는 차라리 당신이 있는 세계를 믿고 싶었어요. 그러나 이 우주는 아득한 시간 전에 자연발생했고 끊임없이 팽창해요. 별과 별의 사이는 멀어지고, 우주의 끝은 우리에게서 더 멀어져 가겠죠.

그러니 나는, 엄마와 아빠를 당신이 데려가 별로 만들었다는 이야기를 믿지 않아요.

태초에 빅뱅이 있었고 다음 순간 모든 것이 서로 멀어졌다. 우주는 시작된 때부터 지금까지 팽창해 왔으며 앞으로도 끊임없이 커지겠지. 인간이라 불리는 종이 땅 위를 두 발로 걷기도 전, 아득히 멀고 먼 과거, 지구가 태어나기 이전부터 커져 왔겠지. 아득하게 먼 우주의 끝. 그 먼 곳에서 하나의 소행성이 날아오고 있다.

이 작은 제작반에도 직원이 둘이다. 조안은 무슨 생각으로 여기에 리우를 들인 걸까. 굳이 나를 리우에게 거짓말하는 사람으로 만드는 이유는 뭘까. 희미하게, 조안이 나를 보듯 나는 리우를 본다. 보여 주는 그대로를 믿고 받아들이는 리우의 눈동자 안에 리우를 속이는 내가 있다.

팽창하는 우주에 비하면 내가 하는 거짓말은 아주 작은 것. 그러나 이 우주 변두리의 작은 행성 지구가 우리에게는 세계이듯, 이 작은 거짓말이 불러올 타격이 얼마나 치명적일지는 모르는 일이다.

우주가 고정되고 별과 별이 더 이상 멀어지지 않는다면 어떨까. 항성들은 스스로를 다 태우고 나면 초신성이 되거나 왜성이 되겠지. 그리고 가스 구름에서 새 별들이 태어나 우주 공간은 빛으로 가득 찰 것이다. 그러면 우리는 누구와도 멀어질 일 없이 빛 속에서 살다가, 빛 속에서 죽을지도 모르지.

수없이 태어나는 별들을 위해 우주는 스스로의 몸을 넓혀 새 자리를 만들어 내고 있다. 어린 별들은 두렵지 않을까. 자기 주변의 세계가 자꾸자꾸 커지는 것이. 변화를 받아들이고 적응하는 것이.

나는 이제 겨우 어른이 되었는데 어른들은 이제 마지막을 준비하라고 말한다. 말할 수 없이 넓은 이 우주 안에서, 어쩔 수 없는 일이라고. 우리가 바꾸려 해도 안 되는 일이 있다고.

이 말을 누군가와 나눴으면 좋겠다. 누군가의 귀에 대고 속삭이고 싶다. 나는 팽창하지 않는 우주를 원해.

관측 위성에서 보내온 데이터 원본은 두서없는 숫자의 나열이다. 그럴 수밖에. 정제되지 않은 데이터는 사금광에서 막 캐낸 흙한 양동이와 다름없다. 흙을 체에 담아 물에 넣고 흔들어야 한다. 그래야 가느다란 흙알갱이는 물에 쓸려 사라지고 비로소 금이 모습을 드러낸다. 나는 숫자들을 정렬하고 골라내 필요한 것만 남긴다. 그리고 그 안에 거짓 숫자들을 섞어 넣는다. 하지만 가짜 금을 섞었다고 나에게 화를 낼 사람은 없다. 오히려 그렇게 하라고 지시했으니까.

태연하게 리우에게 데이터를 넘기면 리우가 다시 데이터를 정리하고 우주기상통제국으로 전송한다. 월면도제작반의 임무는 공식적으로는 달의 '부동산 지도'를 작성하고 관리하는 일이었지만 데이터 관리도 리우와 내 몫이었다. 반복되고 반복되는, 일정한 주기를 두고 계속 이어져 오는 거짓말. 조금만 더 하면 돼. 인공눈물을 눈에 넣고 눈을 몇 번 깜박였다.

어릴 때의 기억은 희미하다. 제네시스로 오기 전의 기억은 더욱 희미하다. 하지만 제네시스로 온 후 처음 맞은 생일에 '왜 내 생일인데 눈이 안 와?'라는 말을 한 것은 기억난다. 제네시스로 오기 전에 나는 아마 내 생일 즈음 눈이 내리는 곳에 살았던 것 같다. 엄마도, 아빠도 함께.

엄마와 아빠는 어느 날 비행기를 타러 가자고 했다. 비행기 안에서 아주 긴 시간을 보내며 지겨워서 짜증을 냈던 것 같다. 그 짜증은 이 섬의 공항에 내리는 순간 햇볕에 녹아 사라졌다.

이 섬에는 아이들은 적었지만 어른들이 많았다. 어른들은 누구나 아이들에게 웃어 주었다. 우리처럼 빛나는 것이 세상에 다시없을 거라는 듯, 눈을 가늘게 뜨고 웃었다. 눈부시다는 듯이. 하지만 가끔씩 먼 하늘을 보는 어른들의 눈에는 이상한 두려움이 담겨 있었다. 어른은 아무것도 두려워하지 않는 줄 알았는데. 밤중에 나를 껴안고 '우리는 언제나 네 곁에 있을 거야'라고 속삭이던 부모님의 목소리에선 알 수 없는 간절함이 느껴졌다.

엄마와 아빠는 로켓 엔지니어였다. 그날따라 친구들과 함께 노는 것도, 태블릿으로 게임을 하는 것도 시들해져서 나는 엄마와 아빠를 찾으러 갔다. 엄마와 아빠는 손을 마주 잡고 고개를 숙이고 있었다. 뭘 하냐고 묻자 엄마와 아빠는 머뭇거리며 대답했다.

기도해.

엄마랑 아빠는 과학자잖아. 그런데 신을 믿어?

과학은 과학이고, 믿음은 믿음이지.

무슨 말인지 모르겠어.

믿음이 필요할 때가 있어.

그게 마지막이었다. 엄마 아빠가 발사 현장을 향해 멀어지고 잠시 후 쾅, 하는 큰 소리와 함께 강한 빛이 내 눈을 찔렀다.

눈만이 아니라 온몸이 뜨거워졌다. 눈을 손으로 감싸고 주저앉았다. 사방에서 사람들이 소리치는 게 들렸다. 일어날 수 없었다. 움직일 수 없었다.

사망자 4명. 부상자 6명. 부상자 6명 중 5명은 성인으로 연구소 직원이며 1인은 어린이로 사망자의 자녀. 간단하게 기술된 사고 보고서를 보게 된 건 두꺼운 안경을 쓰고도 오랜 시간이 지난 후였다.

병실로 찾아온 사람은 손이 크고 두꺼웠다. 나는 어렴풋하게 짐작하고 있었다. 이제 다시는 엄마와 아빠를 만날 수 없을 거라고. 섬의 땅을 밟고 뛰놀며 어른들의 웃음 속에서 무한히 자유로울 것 같았던 이곳에서 떠나야 할 수도 있다고. 그 폭발이 엄마와 아빠를 아주 멀리 데려갔기 때문에 이제 나에게는 보호자가 없다고. 엄마와 아빠가 손을 잡고 가는 모습이 내 새끼손가락만큼 작아졌는데. 그렇게 멀었는데. 멀리 떨어져 있던 나도 이렇게 아픈데.

나는 닥터 싱이야. 몸은 좀 어때?

굵고 거친 목소리가 들렸다. 처음 듣는 목소리. 하지만 모습을 본 적이 있었다. 피부색이 짙고 키가 큰 남자. 내 손을 마주 잡은 닥터 싱의 손이 떨리고 있었다. 그래서 엄마와 아빠가 괜찮냐고 묻지 않았다. 대신 눈의 붕대를 언제 풀 수 있냐고 물었다.

일주일 정도 있다가. 아주 강한 빛에 노출되어서 눈이 충격을 많이 받았어.

광공해 같은 거요?

손의 주인은 잠시 침묵했다.

그래. 광공해.

알았어요.

나는 손을 빼내고 일주일을 기다렸다.

특수 제작한 안경을 쓰고 초점 연습을 하는 동안 조안이 찾아왔다. 누구나 조안, 이라고 부르지만 사실 이 섬에서 굉장히 중요한 사람이라고 들은 적이 있었다. 엄마와 아빠의 장례식도 조안이 주도했다. 조안도 다쳤는지 지팡이에 기대어 있었다.

섬 밖에 너를 돌봐 줄 사람이 있니?

고개를 저었다. 나는 엄마와 아빠 외에 다른 친척을 만나 본 적이 없었다.

그렇구나.

조안이 숨을 들이마시는 소리가 났다.

우리가 네 보호자가 되고 싶어.

나는 초점책으로 시선을 돌렸다.

너뿐만 아니라 다른 아이도. 앞으로 우리가 책임지고 돌볼 거야. 제네시스의 아이들이 되는 거야.

기쁘지 않았다. 이 섬에서 떠나야 한다는 불안은 조금 줄어들었지만 그것이 기쁠 일은 아니었다. 어쨌거나 나는 그때 겨우 여덟 살이었으니까. 우리 부모님과 같은 현장에서 돌아가신 분들에게도 아이가 있다고 조안은 말했다. 루카. 나보다 두 살 많은, 나의 누나. 단둘이었던 '제네시스의 아이들'은 시간이 지나며 하나둘 늘어났다. 우리들의 공통점은 제네시스에서 부모를 잃은 아이들이라는 것. 그러니까 조안의 '앞으로'라는 말은, 나와 루카만을 뜻하는 것은 아니었다.

크고 작은 사고는 여러 번 터졌다. 그때마다 다치는 사람과 죽는 사람이 생겼다. 내가 보고 듣지 못하는 곳에서 격렬한 논쟁이 이어졌다고 나중에야 들었다. 많은 어른들이 자신의 아이를 데리고 섬을 떠나갔다. 나는 형제자매들과 연구소 건물 중 가장 높은 곳의 옥상에 올라가 아래를 내려다보곤 했다. 제네시스의 바깥으로, 제네시스를 떠나는 방향으로 가는 차들이었다. 얼마 지나지 않아 나와 함께 옥상에 서 있던 형제자매들도 하나둘 섬을 떠나갔다. 나와 루카만 이곳에 남았다.

엄마와 아빠는 신이 데려가서 별이 된 거야. 빛나는 별이 되어서 언제나 너를 지켜보고 있을 거야. 조안은 그렇게 말했다. 조안은 신을 사랑했다. 조안뿐만 아니라, 제네시스의 어른들은 대부분 신을 믿었다.

스스로 빛나는 별의 다른 이름은 항성. 가장 가까운 항성까지는 4광년 이상. 엄마와 아빠가 항성이 되었다면, 그 빛은 몇 년 후에나 지구에 닿겠지. 그건 너무 무서운 일이잖아.

너무 멀잖아.

마지막으로 떠나가는 형제가 탄 차를 내려다보다가 나는 루카를 불렀다.

루카, 우린 같이 있을 거야?

그렇게 묻고 싶었지만 대답이 두려워 물을 수 없었다. 그 대신 물었다. 루카, 정말로 우리 엄마 아빠가 별이 되었을까? 루카는 바람에 헝클어진 머리를 손으로 빗으며 말했다. 우리 엄마랑 아빠가 핵융합을 하면서 빛난다는 소리야? 난 그거 싫은데. 웃으라고 한 말이겠지만 나는 웃지 못했다. 내 표정을 본 루카가 다가와 살짝 나를 껴안았다. 루카는 어디쯤에 엄마 아빠가 있으면 좋겠어? 루카는 하늘의 별자리를 짚어 보다가 고개를 작게 저었다. 여기선 보이지 않는 곳이면 좋겠어. 날 계속 보고 있으면 엄마랑 아빠도 슬플 것 같아.

직원들은 모두 우리에게 친절했지만 그 사람들은 우리의 부모가 아니었다. 부모와 아이로 이루어진 가족은 이 연구소에 더 이상 없었다. 우리는 배정받은 각자의 방에서 잠을 자고, 함께 밥을 먹고, 배우지 않는 시간에는 연구소 부지 내에서 어디든 돌아다녔다. 있을 곳을 찾기 위해서. 쌍둥이 소행성처럼 돌고 돌았다. 그러는 사이 매끈해진 달에는 글자가 새겨지고 섬에는 새 건물이 올라섰다. 조안이 학교를 연다고 했다.

제네시스가 첫 입학자를 받던 해, 열여덟 살이 된 루카는 경영부에서 일하기 시작했다. 나도 루카처럼 일을 하고 싶었지만 조안이 허락하지 않았다. 열여섯 살인 나는 학교에 입학한 아이들과 함께 교육을 더 받아야 한다고 했다. 나는 수업에 몇 번 들어갔지만 이내 잘 가지 않게 되었다. 쌍둥이 소행성처럼 함께였던 우리 둘 중 나만 혼자서 자리를 찾지 못한 채 하릴없이 연구소를 떠돌았다.

나는 주로 월면도제작반에서 시간을 보냈다. 월면도제작반에는 직원이 한 명이었다. 연구소 사람들 중 가장 나이가 많은 닥터 에디. 닥터 에디는 혼자 월면도제작반에서 일했고, 내가 문을 열어도 나를 한번 보고는 계속 일에 몰두했다. 월면도제작반에서는 달의 어디에 무슨 메시지가 새겨져 있는지, 언제까지 새겨져 있을지, 달과 지구의 주변 천체는 어떻게 움직이고 있는지를 시뮬레이션 화면으로 볼 수 있었다.

닥터 에디는 나에게 수업에 들어가라는 말을 하지 않았다. 나는 구석 의자에 앉아 행성처럼 빙글빙글 돌거나 책을 읽었다. 닥터 에디가 나만 놔두고 자리를 비울 때도 있었지만 나는 감히 계기판이나 키보드에 손을 댈 수 없었다. 나보다 어린 아이들이 듣는 수업도 따라가지 못하는 나에게 월면도제작반의 기계들은 달에 새겨진 글자들처럼 멀었다.

수업에 들어가면 어지러웠다. 이해할 수 없는 단어들이 아이들 입에서 튀어나왔고 맞은편에서 곧장 다른 단어가 쏘아졌다. 나의 말은 끝을 맺지 못하고 흩어지기를 반복했다. 숫자와 공식과 결과들이 대형 스크린에 떴다가 사라졌다. 너무 빨라. 하지만 그 말을 내뱉는 순간, 조안의 귀에 그 말이 들어가는 순간 조안이 어떻게 할지 알 수 없었다. 조안은 나를 지키겠다고 했지만, 반드시 곁에 있겠다는 이야기는 하지 않았으니까.

무서워.

나는 아주 오랜만에 루카를 찾아가, 조안에게 하지 못한 말을 털어놓았다. 루카는 이해한다는 듯 고개를 끄덕였다. 루카는 천천히 내 어깨를 끌어당겨 자기 어깨에 기대게 했다.

열 살짜리 신입생이 있어.

열 살?

응. 다른 애들보다 너무 어리니까 당분간은 따로 수업한대.

좋겠다. 천재겠네?

그런 거 부러워하지 않아도 돼.

루카가 천천히 숨을 내쉬었다.

저 애들이 지나치게 뛰어날 뿐이야. 그런 거야……. 너무 걱정하지 마.

날이 추워지자 루카는 커피를 마시기 시작했다. 뜨거운 커피를 후후 불어 마시는 루카의 옆모습은 점점 어린 시절에서 멀어지는 것 같아 때때로 낯설었다. 루카를 따라 커피를 마셔 보았지만 나에게는 너무 썼다.

그리고 남반구의 겨울이 가까워 오던 날이었다.

나 여기서 나가려고.

루카가 한 말에 나는 콜록, 기침을 했다.

루카가 왜 나가?

일하다 보니까 여긴 나랑 안 맞는 것 같아.

루카가 여기랑 안 맞는다는 게 말이 돼?

내 항의에 루카는 간신히 입꼬리를 올렸다.

있잖아, 단. 제네시스는 어마어마한 돈을 벌어. 그리고 보호자가 없는 어린 천재들을 데려와서 교육을 시켜. 제네시스가 돈을 벌어서 교육비 말고 어디다 쓰는지 궁금했던 적 없어?

루카는 두 주먹을 꼭 쥐었다.

미사일을 구입해. 중성자탄이나 핵탄두, 그런 거.

대체 왜? 전쟁이라도 해?

루카는 무표정했다.

무기 때문에 사람이 죽어 나가는 게 전쟁이라면, 우리는 이미 전쟁 중이지.

루카는 내 손을 잡고 조안에게 갔다. 조안은 루카의 이야기를 듣고 태연하게 고개를 끄덕였다.

"우리는 세상을 지키는 거야. 지구로 날아오는 소행성은 셀 수 없이 많고, 그 소행성들의 궤도를 바꿀 때 무기를 써."

"왜 우리에게 말해 주지 않았어요?"

내 입에서 떨리는 목소리가 새어 나왔다.

조안은 냉정하게 대답했다.

"너희가 묻지 않았잖니."

나는 입을 다물었고 루카는 한 발자국 조안에게 다가갔다.

“전 밖에 나가고 싶어요. 아니, 여기서 더 지내고 싶지 않아요.”

조안이 자리에서 일어나 지팡이를 짚고 루카 앞에 섰다.

“우리가 하는 일이 마음에 안 드니?”

루카의 입술이 떨렸다.

“사람이 죽었잖아요.”

“소행성의 궤도를 바꾸려면 매번 큰 폭발이 필요하고……. 그러다 보면 피할 수 없는 사고도 일어나지. 누군가 해야 하는 일이고, 너희 부모님들은 그걸 한 거야.”

“저는 교전 지역에서 태어났어요.”

루카는 숨을 크게 들이쉬었다.

“엄마하고 아빠는 무기가 싫어서 도망쳤대요. 미사일이 수도를 공격했다는 뉴스를 듣고 살던 곳을 떠났대요. 세상을 지키는 일이라는 말, 저는 믿지 않아요. 저는 무기와 관련된 일은 아무것도 하지 않을 거예요.”

루카는 떨면서도 계속 말을 이어 갔다.

“다른 곳에서, 다른 걸 배우고, 다른 일을 하는 사람으로 살아가고 싶어요.”

“단, 너도 여길 떠나고 싶니?”

조안이 가라앉은 눈빛으로 나를 봤다. 뭐라고 대답해야 할지 알 수 없었다. 루카를 돌아봤지만 루카는 내 손을 놓고, 나와 눈을 맞추지 않고 조안을 노려보고 있었다. 그 순간 알 수 있었다. 내가 밖으로 나가더라도 루카 옆에 내 자리는 없을 거란 걸.

두 달 후, 연구소에서 나는 '가장 나이가 많은 미성년'이 되었다. 루카와는 더 이상 연락할 수 없었다. 외부와의 개인적 통신은 허락되지 않았다. 그 편이 '새로 시작하는' 루카에게도 좋을 거라고 조안은 말했다. 나는 옥상에서 자주 하늘을 올려다보았다.

나를 떠나간 사람들이 나와 공유하는 것이 있다면 이 연구소에서 올려다본 풍경뿐이었다. 다른 하늘 아래 서면 별자리가 바뀐다. 같이 본 하늘을 그대로 떠올릴 수 있는 곳은 오직 여기뿐이었다. 흐려지는 기억과 떠나는 사람들. 끊임없이 변화하는 것들 안에서 나는 변화하고 싶지 않았다. 변화를 막을 수 없다면 내 자리만이라도 못 박아 두고 싶었다.

열일곱이 되자 나는 월면도제작반의 단독 직원이 되었다. 닥터 에디는 은퇴했다. 치료할 수 없을 만큼 병이 깊어진 지 오래라고 에디는 말했다. 내 나이가 대체 몇인지. 정년을 넘겨도 한참 넘겼지. 네가 있어 다행이구나. 업무를 설명하던 닥터 에디는 몇 번씩 심하게 기침을 했다. 그리고 나는, 직원으로 임명됨과 동시에, 거짓말을 시작하게 되었다.

월면도제작반에서 나 혼자 일하기로 결정된 날, 조안이 중앙회의실로 나를 불렀다. 제네시스에서 중요한 어른들은 모두 모여 있었다. 내가 자리에 앉자 조안은 시뮬레이터를 켰다. 아주 먼 곳에서부터 무언가가 지구를 향해 날아오는 영상이었다. 영상 속의 소행성은 작은 행성들을 부수며 지구로 향했다. 곧이어 지구가 빨갛게 달아올랐다. 나는 주변을 돌아보았지만 아무도 놀란 표정이 아니었다. 대체 어째서? 내 혀는 굳어서 의문도 내뱉지 못했다. 영상이 끝나자 조안이 불을 켰다.

"오늘부로 월면도제작반은 단이 담당합니다. 또, 이 자리를 빌려 공지합니다. 대형 위협 천체 후보 B-3844가 위협 천체로 확정되었습니다. 다들 알고 계시는 내용이겠지만, 단이 정식으로 우리 직원이 된 것을 기념하는 의미에서 다시 말씀드렸습니다."

조안은 내 눈을 한번 보고 계속 진행했다.

"이에 따라, 위협 천체 B-3844 접근에 대해 학생들이 불필요하게 동요하지 않도록 플랜의 정식 가동을 선언합니다."

플랜? 무슨 말인지 잘 이해가 되지 않았다.

조안은 소행성의 사진 하나를 화면에 띄웠다. 울퉁불퉁한 돌처럼 보였다. 그 아래엔 지름, 구성 성분, 중력 등의 행성 정보와 함께 '신'이라는 글자가 쓰여 있었다. 조안은 마른기침을 두어 번 하고 설명을 이어 갔다.

"플랜은 아시다시피 위협 천체의 궤도상에 알파 등급 소행성

AZ-884, 통칭 '신'을 추가하는 계획입니다. 학생들에게는 플랜 가동 이후 새 좌표 시스템이 배포될 예정입니다. 새 좌표 시스템에는 AZ-884의 위치가 포함됩니다. 위성상에서 AZ-884는 관측되지 않으므로 월면도제작반에서 1차 수치 조정, 우주기상통제국에서 2차 수치 조정을 거칩니다. 좌표에 대한 문의는 반드시 저와 단, 싱 국장에게 해 주십시오."

나는 손을 들고 일어섰다.

"저기, 잘 이해가 안 가는데요. 알파 등급 소행성을 추가한다는 게 무슨 뜻이에요? 우리가 소행성도 만들 수 있어요?"

조안이 대답했다.

"못 만들지. 실제로 만들 수는 없어. AZ-884는 가상의 소행성이야."

나는 입술을 꽉 깨물었다. 무거운 안경이 코끝에서 살짝 미끄러졌다.

"시뮬레이션에 가상의 소행성을 추가한다는 건…… 지도를 엉망으로 만드는 거 아닌가요? 주변 소행성들의 위치나 운동 방향이 달라지잖아요."

"맞아. 그래서 플랜이 가동되면 우리는 두 개의 지도를 갖게 돼. 위성 시스템이 관측한 있는 그대로의 진짜 지도와 가상의 소행성 때문에 B-3844가 날아오다가 소멸해 버리게 되는 플랜 지도."

조안이 나에게 다가와 내 어깨를 잡고 말했다.

"단, 네가 할 일은 두 개의 지도를 만드는 거야."

손이 땀으로 젖었다.

"거짓말을 하라고요?"

조안이 내 어깨를 놓았다.

"필요하니까. 너는 월면도제작반의 정식 직원이자 관리자야. 네가 제네시스를 나가지 않고 여기서 일하겠다고 말했을 때, 우리는 너에게 이 일을 맡기기로 결정했어."

머릿속이 하얗게 비어 버리는 것 같았다. 나는 자리에 앉았다. 몇 가지 이야기가 더 나온 후 회의가 종료되었다. 나는 맨 마지막에 중앙회의실을 나왔다.

월면도제작반으로 돌아와 메일함을 열어 보자 '신'의 지름, 모양이며 좌표가 세세하게 적힌 파일이 도착해 있었다. 제네시스의 정식 직원이 된 것을 축하한다. 메일은 그렇게 끝났다. 나는 직원이 된 날 선물로 가짜 소행성을 받은 셈이었다.

위협 천체 B-3844의 지름은 890미터, 지구와 충돌 시 문명이 소멸할 수 있는 소행성이다. B-3844와 지구의 충돌까지는 6년이었다.

나는 일과 후 찾아가겠다고 조안에게 메일을 보냈다.

첫날의 업무를 처리하며 틈틈이 지끈거리는 머리를 쉬다 보니 일이 끝나자 늦은 밤이었다. 기숙사 소등 시간이었다. 하지만 조안은 나를 기다리고 있었다. 루카가 내 손을 잡고 갔던 그날처럼, 창을 뒤로하고 책상에 팔꿈치를 올려놓고 앉아 있었다. 조안은 일어나 지팡이를 짚고 정수기 쪽으로 갔다.

"홍차, 마시니?"

화가 났다. 하지만 나는 대체 무엇에 분노해야 할지 몰랐다. 조안은 나에게 거짓말을 하지 않았다. 대신 다른 모든 사람들에겐 거짓말을 할 거라고, 나더러 그 거짓말을 만들어 내는 사람이 되라고 말했다. 나는 이곳을 떠나지 않겠다고 마음먹었으니, 이곳에 남으려면 무엇이라도 해야 했다. 그 사실을 조안도, 나도 알고 있었다. 그리고 나는 그 명령에 따라 학교에 배포되는 가짜 지도에 가짜 소행성을 집어넣고 오는 참이었다.

"아뇨. 지금 마시면 잠이 안 올 것 같아요."

나는 간신히 대답하고 의자 하나를 끌어다 앉았다.

사무실 안에 달콤한 홍차 향이 번졌다. 향이 퍼져 나가는 지도라도 그리듯 내 손은 허벅지 위에서 이리저리 맴돌았다. 나는 깊게 한숨을 쉬었다.

"달을 깎아 내는 게 어떤 작업인지, 배운 적 있니?"

나는 고개를 저었다.

"달을 평탄화시킬 때 우리에게는 아주 많은 계산이 필요했단다. 혹여나 우리의 입력 하나가 파장이 되어 밀물과 썰물을 바꿔 버릴 수도 있으니까. 달과 지구 사이의 인력은 아주 많은 것을 주관하고 있거든. 입력 하나와 출력 하나에 지구가 걸려 있다고 생각했단다. 우리는 아주 조심스럽게 작업했어. 조수 간만의 차가 흐트러지지 않게. 달의 자전주기와 공전주기가 어긋나지 않게."

"언제부터 알고 있었어요?"

조안은 홍차 한 모금을 넘기고 대답했다.

"11년 전. 소행성이 출발한 지는 몇백 년 전인지 몇백만 년 전인지 알 수 없고."

"왜 그걸, 우리만 알아야 해요?"

"세상에는 수많은 죽음과 다툼이 일어나지만 어느 뉴스도 그것들을 전부 보도하지는 않아. 보는 사람들에게 의미가 없다고 판단되는 많은 정보들은 삭제돼. 우리가 하는 일은 데이터를 걸러 내는 일에 불과해. 게다가 문라이터 사업이 잘된 덕분에 위협 천체를 효과적으로 처리하는 위성 시스템 개발도 막바지 단계야. 그게 완성되면 달라질 수도 있어."

조안은 찻잔을 내려놓았다.

"신의 가호가 우리에게 있을 거야."

그때부터 나는 떠돌이 소행성이 아니라 암흑물질이 되었다. 암흑물질은 중력으로 은하들을 붙잡아 은하단이 되게 한다. 암흑물질이 없다면 모든 것은 흩어져 끝내 사라져 버릴 것이다. 나는 거짓말쟁이 암흑물질이 되어서 아이들이 불안해하지 않게, 빛나는 은하단이 될 수 있도록 은하단 중심에 자리 잡아야 했다.

해가 질 무렵, 월면도제작반의 문을 닫고 복도로 나가면 들려오던 웃음소리. 높고 낮고 짧고 길고. 다양한 아이들이 내는 다양한 웃음소리. 아직 누구도 스물이 되지 않은 아이들의 웃음소리. 웃음소리를 따라가면 덤불 뒤 어둠 속에서 손잡고 입을 맞추던 풍경. 부럽지도 그립지도 않았지만 매일 보고 싶던 풍경. 안경을 벗으면 뭉개진 수채화처럼 일렁여도, 서로의 존재가 너무나 기뻐 터져 나오던 웃음소리만은 사라지지 않던 수많은 저녁들. 저녁 공기보다 뜨거웠을 체온들.

그 사이에 낄 수 없는 나는 암흑 속에 외로움을 숨긴 채 웃는 사람이 되었다.

나는 그 애들보다 빠르게 스무 살이 되었지만 신의 가호는 없었다. 수많은 방해물들이 있는 우주를 가로질러 B-3844는 여전히 지구로 날아오고 있었다. 스무 살 생일을 축하한다며 조안이 월면도제작반으로 꽃을 보냈다. 달콤한 향이 방 안을 떠다녔다. 꺾이자마자 죽어 가는 꽃. 숨이 막혔다.

리우가 꽃을 물병에 담고 물을 부어 넣었다. 이렇게 하면 오래

가. 리우는 월면도제작반의 두 번째 직원이었다. 루카처럼 분쟁 지역에서 태어난 아이였다. 나는 리우에게 루카 이야기를 하지 않았다. 리우는 절대로 여기를 떠날 수 없으니까.

떠날 수 없는 사람에게 떠난 사람 이야기를 들려준다고 무엇이 바뀌겠나.

조안의 말처럼, 제네시스가 개발한 공격 위성이 우주로 떠올랐다. 지상에서 무기를 발사하여 공격한 그전까지의 방법보다 우주에서 직접 타격하는 것이 더 정확했다. 세밀하고 세밀하게. B-3844의 최종 목적지가 제네시스로 조정되는 동안 오직 기다리는 일만이 내가 할 수 있는 전부였다. 지도를 만들고 고치고 거짓말을 섞으며.

일어나지 않은 재앙은 기록되지 않는다. 나는 기록되지 못한 재앙을 머리에 담고 달의 땅을 살피며 시간을 보냈다.

나는 옥상 대신 수영장을 찾게 되었다. 하늘을 올려다보며 기도하지 않게 되었다. 입을 다물고 잠수하면 웃지 않아도 되었다. 체육관 지하에 항공기계정비반에서 사용하는 훈련용 풀이 있었다. 견딜 수 없는 순간, 신발만 벗고서 뛰어들면 내 몸은 바닥도 수면도 아닌 곳에 있었다.

우주가 어떤 곳이냐고 엄마와 아빠에게 물어본 적이 있다. 무중력은 어떤 느낌이에요? 그때 엄마와 아빠는 나에게 물속을 상상하라고 했다. 완벽한 무중력은 아니지만 비슷할 거야. 우주는 그런 곳이야. 아직은 네가 너무 작지만, 키가 크면 깊은 풀에 들어가 봐. 그러면 우주가 어떤 곳인지 알 수 있을 거야.

깊은 풀에 들어갈 수 있게 되었을 때, 나는 이미 혼자였다.

제네시스에서 연구소 부지를 벗어날 때는 어른들의 허락을 받아야 했다. 우리를 미워하는 사람들이 나쁜 짓을 할지도 모른다는 이유였다. 왜 우리를 미워해요? 내 질문에 엄마와 아빠는 살짝 웃었다.

단. 사람들은 자기가 미워해야 하는 대상이 뭔지 모를 때가 많아.

엄마. 누구를 미워해야 할지 몰라서 그 미움을 모두 자신에게 향하게 하는 사람이 있다는 것도 알았나요. 저는 그런 사람이 되어 버렸어요.

한 번도 수영장에서 누군가를 만난 적이 없었는데 스물한 살의 그날만 예외다.

누군가가 어두운 수영장의 불을 켜고, 나에게 나오라고 한다. 이 밤중에 거기 누구냐고. 물에서 나오라고.

늘 그렇듯 옷도 벗지 않고 뛰어든 탓에 몸에는 물에 젖은 옷이 달라붙어 있다. 셔츠에서 물을 짜내자 여자애가 탈의실에서 가져

온 수건을 준다. 나는 머리의 물기를 털고 수건으로 안경을 대충 닦아 다시 썼다.

"낮에 여기서 훈련했거든요. 뭘 놓고 가서 찾으러 왔는데, 문이 열려 있어서."

남자애가 싱글거리며 말했다. 키가 크고, 발도 크다. 나보다 어릴 텐데, 나보다 훨씬 크다. 여자애는 여전히 나를 경계하는 눈이다. 한 발짝 뒤에 서서 나를 위아래로 훑고 있다. 남자애에 비해 훨씬 자그마한 여자애는 눈과 머리가 모두 까맣다는 게 흐린 안경으로도 보인다. 남자애의 말 뒤에 이어지는 무거운 침묵. 나는 억지로 미소를 지었다.

"고마워요."

내 말에 남자애가 히, 하고 웃는다.

"저는 제롬, 이쪽은 리아. 그쪽은 직원이에요?"

나는 제롬의 말에 끄덕인다.

"같이 나가요. 취침 시간도 넘겼잖아요."

리아가 퉁명스럽지만 아까보다는 친절하게 말한다. 내 손에서 수건을 빼앗아 가서 꽤 멀리 있는 바구니에 던진다. 정확하게 들어간다.

"나, 그냥 놔두고 가도 돼요."

내 말에 리아가 고개를 젓는다.

"무섭잖아요. 혼자 그런 데 있으면. 보는 사람도 무섭고, 혼자 있는 당신도 무서울 거 같은데. 우리 같이 나가요."

같이라는 말을 아주 오랜만에 들은 것 같다. 루카가 떠난 이후 거의 듣지 못했다. 귀에 물이 들어갔는지 먹먹하게 그 단어가 맴돈다.

우리는 '우리'가 되어 불 꺼진 체육관 안을 가로지른다.

물을 뚝뚝 떨어뜨리며 나와 제롬과 리아가 걷는다. 내가 주저하며 묻는다.

"당신들은 학생이죠?"

"네. 항공기계정비반 소속이에요."

리아가 타박타박 걸으며 대답한다. 손전등을 든 채 걸음을 멈추지 않는다. 나는 감춰 두었던 두려움을 내 몸에서 떨어지는 물방울처럼 조심스레 꺼내 놓는다.

"힘들지 않아요? 다들, 너무 똑똑하고, 직업을 고르는 것도 너무 빠르고, 그러니까……."

"와, 엄청 새삼스럽네요. 당신 저체온 쇼크 온 거 아니에요?"

제롬이 우스운 말을 들었다는 듯 깔깔 웃는다. 리아가 제롬의 옆구리를 팔꿈치로 찌른다. 보지도 않고 찌른 리아의 팔은 제롬의 옆구리보다 낮은 곳에 꽂힌다. 제롬이 아프다며 주저앉는다. 리아가 제롬의 팔을 잡아 일으켜 세우며 투덜거린다.

"엄살 떨지 마. 너 엄청 무겁거든?"

그리고 내 질문에 답한다.

"아, 뭐, 우린 성적은 별로 안 좋아요. 무섭죠."

리아가 무게를 싣는 제롬에게 짜증을 내다가 나를 본다. 검은 눈동자가 내 눈동자와 일직선상에 놓인다. 항성처럼, 스스로 빛나는 듯한 눈이다. 리아는 제롬을 밀어 내고, 제롬은 계속 엄살을 부린다. 리아는 제롬의 종아리를 발로 툭툭 차 제롬이 바로 서게 한다. 제롬이 웃으며 손전등을 받아 들곤 리아보다 한 발짝 앞에 선다. 제롬이 손전등을 드니 불빛이 아까보다 높은 곳에서 비춰진다. 리아의 눈은 계속 반짝인다. 리아는 제롬을 따라가며 말한다.

"그런데 전 이미 여기 있잖아요. 여기서 좋은 일도 있었고, 앞으로도 어쩌면 좋은 일이 생길지도 모르니까. 일단은 계속해야죠. 같이 있는 사람들도 좋아하고요."

흔들리는 불빛, 두 사람의 그림자가 드리운다. 나는 한 걸음 뒤로 가서 앞을 비추는 손전등 불빛을, 나란히 뻗은 긴 그림자를 더 잘 보려고 눈을 가늘게 뜬다.

체육관을 나가자 불 꺼진 건물들 위로 별이 쏟아진다. 남반구의 별이다.

운동장 끝에서 우리는 갈라진다. 나는 어둠 속에 숨는다. 셋은 둘과 하나로 갈라진다. 둘이 학생 기숙사 쪽으로 걸어가고, 나는 직원 기숙사 쪽으로 걸어간다. 걸어가다가 주저앉는다.

암흑물질에 대해 천문학 책은 외로운 물질이라고 설명했다. 빛을 잡아 두지만 관측되지 않는다고. 단지 은하의 중심에서 무언가가 별들이 달아나지 못하게 끌어들이고 있으니 거기에 암흑물질이 있다고 하는 거라고.

나는 암흑물질이 되고 싶지 않았는데.

방으로 돌아와 태블릿을 켜고 몇 가지 일을 한다. 게임이나 할까 하다가 자야겠다고 생각하며 프로그램을 닫으려는데 언뜻 뉴스 사이트가 열린 게 보인다. 무심결에 새로고침한다. 뉴스 사이트가 오늘 지구 구석구석에서 일어난 일들을 전한다.

사이트 중앙 최신 뉴스난에 뜬 많은 제목들이 한 지역의 이름을 외치고 있다. 나는 이제 익숙해진, 리우의 입에서 자주 나오던 그 지역의 이름을 눈을 찡그린 채 들여다본다. 뉴스 동영상을 재생시키자 수해로 무너져 버린 마을이 나온다. 강풍과 폭우로 너덜너덜해지고 찌그러진 철제 표지판에 적힌 이름. 이어서 수해 피해를 크게 입은 마을들이 붉은색으로 표시된 지도가 나타난다. 그 중 한 곳의 이름을 나는 잘 알고 있다.

리우가 살던 곳이다. 리우가 소중히 여긴 곳, 리우가 많은 것을 두고 온 곳이다. 나는 태블릿을 덮고 눈을 감는다.

두고 온 기도

소행성 충돌로 지구 문명이 사라져 버릴 위기라는 뉴스가 나오고 있었다. 캐롤린, 시리얼 더 먹을래? 애인의 목소리가 들렸다. 아냐, 배불러. 나는 소파에 앉아 뉴스를 보며 어린 시절의 나를 떠올렸다. 그럼 남극도 사라질까.

“루카는 커서 뭐가 되고 싶어?”

엄마가, 아빠가, 제네시스의 어른들이 물으면 어린 나는 남극학자가 되고 싶다고 말하곤 했다. 내 부모님은 화학과 물리학을 전공한 연구자였다. 이리저리 여러 나라의 연구소를 옮겨 다니며 나는 자랐다. 남극학자가 되고 싶다고 처음 말했을 때 나는 일곱 살이었다. 그러다가 덜컥, 무서워져서 엄마 옷깃을 잡고 물어보았다. 엄마, 내가 남극에 가기 전에 전쟁이 일어나면 어떻게 하지? 남극에서 사람들이 싸우면 나는 거기 못 갈 수도 있잖아. 엄마는 2141년까지는 남극조약이 유지될 거고, 그때까지 남극은 전쟁이 일어나지 않는 연구자들의 땅이라고 했다.

어떤 군대도 무기도 허용되지 않는다는 땅, 남극. 내가 남극을 동경한 건 그곳이 하얗고 예쁜, 펭귄들의 땅이어서였다.

제네시스에 들어온 건 내가 아홉 살 때였다. 넓은 연구소 부지에 같은 나이 친구는 다섯 명도 되지 않았다. 아이들을 전부 합쳐도 스무 명도 되지 않았다. 그래도 연구원과 상주 직원의 아이들과 놀며 나는 자랐다. 남극에 가서 운석과 우주먼지를 모아서 지구가 어떻게 만들어졌는지 밝힐 거라고 수업 시간에 발표했다. 그게 내 꿈이었다. 부모님이 돌아가신 후에도. 한동안은.

나는 엄마와 아빠의 아이로 제네시스에 들어와, 제네시스의 아이로 섬을 떠났다. 엄마와 아빠가 부르던 내 이름은 루카, 지금의 이름은 캐롤린.

캐롤린이라는 이름은 내가 스스로 지었다.

바깥 사람들에게는 제네시스가 평온한 호수처럼 보였을지도 모르겠다. 하지만 내가 아는 제네시스는 폭약고였다. 아무리 조심해도 기밀과 보안 유지로 제한된 인원만 출입하는 센터 안에서는 계속 사고가 일어났다. 그런데도 우리 부모님은 제네시스 안에서 연구를 계속하셨고, 결국은 발사체 사고로 돌아가셨다.

부모를 잃은 아이들은 모여서 '제네시스의 아이들'이 되었다. 제네시스의 아이들은 여덟 명까지 늘어났다가 다시 줄어들었다. 단은 모르는 것 같았지만 나는 다른 애들이 왜 떠났는지 알고 있었다. 그 애들은 곧 눈치챘던 거다. 부모님들이 사라진 이곳에서 우리가 제네시스에 바랄 수 있는 게 무엇인지. 바라도 얻을 수 없는 것은 무엇인지. 조안은 우리를 사랑했지만 그것은 부모가 주는 종류의 사랑일 수는 없었다. 그때까지만 해도 우리는 섬 밖으로 나간다는 선택지를 고를 수 있었다. 비록 다시는 돌아오지 못할 것이라는 단서가 붙었지만. 우리의 형제자매들은 자신이 사랑받을 수 있는 곳을 찾아 떠났다. 친척의 집이든 어디든, 사랑을 줄 사람이 있는 곳으로.

여덟 명이 일곱 명으로, 일곱 명이 여섯 명으로 줄어들면서 '우리'가 수업을 받는 교실은 점점 더 빈 공간이 늘어났다. 고작 몇 명밖에 안 되는 작은 집단 안에서도 우열이 갈렸다. 제네시스가 우리를 성적으로 줄 세우려 한 것은 아니었다. 다만 우리는 본능적으로 알았다. 누가 가장 뛰어나고 누가 가장 약한지. 머리가 좋은 아이는 바깥에서도 살아갈 수 있다는 자신감을 가지고 나갔다. 약한 아이는 여기 있으면 살아남지 못할 것 같아서 나갔다. 나갈 이유를 찾지 못한 것은 나와 단, 두 명이 전부였다. 최초로 제네시스의 아이가 되었던 둘. 나가지 않아도 괜찮잖아. 우리는 서로의 손을 잡고 다독였다.

우리 둘은 계속 함께 있었다. 제네시스 안에는 정식 인가를 받은 교육기관이 없었다. 우리가 학습하는 것들은 제네시스 사람들이 만든 교육과정이었다. 열네 살의 단과 열여섯 살의 나는 같은 책으로 공부했다. 그러다가 어느 순간 나는 알아차렸다. 단은 나보다 머리가 좋다는 사실을.

내가 너를 따라잡을 수 없다는 게 짜증 나. 그래서 같이 있고 싶지 않아. 단에게 그런 말을 하진 않았다. 아주 솔직히 말해서, 그렇게까지 비참해지고 싶지는 않았다. 폭발 사고로 부모를 잃고, 시력에 손상을 입어서 두꺼운 안경을 쓰고, 멋모르고 나를 졸졸 따르는 아이에게 나는 동정을 받고 싶지 않았다.

내가 이런 구구절절한 자존심과 열등감을 설명하기 전에 조안은 눈치를 챈 것 같았다. 열일곱 살이 되자 '내년쯤 경영부에서 일하지 않겠냐'고 조안이 먼저 물어보았다. 달리 하고 싶은 게 있다면 일자리를 알아보겠다고도 했다. 물론 제네시스 부지 안의 일이었다.

나는 조안의 제안을 받아들였다. 숫자 계산은 싫어하지 않았다. 경영부 직원이 되어서 단과 떨어져 있는다면 그걸로 충분했다.

국제구호단체를 지원하다가 만나서 결혼한 부모님은 내가 태어나고 나서도 활동을 계속했다. 그러나 내가 자라는 것을 보며 부모님은 세계의 평화보다 나의 평화를 바라게 되었다. 내게 어느 나라에서, 어느 언어로 초등교육을 받게 할지 고민하던 중, 틀어 놓은 뉴스에서 긴급 속보가 나왔다. 우리가 머물고 있던 국가의 수도에 미사일이 떨어졌다고. 그래서 우리는 제네시스로 향했다.

제네시스에서의 생활이 순탄하게 시작된 것은 아니었다. 전쟁의 후유증 때문이었다. 아빠는 한동안 비행기가 지나가는 소리만 들려도 환청과 환각에 시달렸다고 한다. 엄마는 그보단 상황이 좀 나았다. 교전 지역에서 구호단체 일과 연구원 일을 병행하며 테러 협박과 실제 테러에 시달린 건 엄마도 마찬가지였다. 다만 엄마는 내가 배 속에 있다는 것을 안 그 순간부터 어쩔 수 없이 더 강해져야 했던 것뿐이었다. 아빠가 무너지면 엄마가 지탱할 수 있고, 아빠를 지탱할 수 없는 최악의 경우에는 아빠와 헤어질 수도 있겠지만 내가 엄마 배 속에 있었기 때문에, 테러와 내전을 태교로 겪어야 했던 나 때문에. 엄마는 아빠를 돌보고 나를 돌보면서 겨우겨우 제네시스라는 불안한 평화를 움켜쥐었다. 여기서 나가라는 고함과 문을 부수고 들어오는 괴한이 없는 이곳이 엄마에게는 평화의 세계였다.

아이들은 발사 현장을 멀리서 구경하며 신나 하곤 했지만 나는 근처에도 가지 않았다. 불을 뿜으며 하늘로 날아오르는 모든 것이 무서웠다. 귀를 찢는 굉음과 거대한 폭발. 엄마와 아빠가 어린 나를 데리고 도망치게 한 것. 거대한 괴물. 하늘을 가로지르고 땅을 부수는 것.

나의 형제자매들, 제네시스에서 거둔 첫 번째 아이들 집단은 평화를 사랑했다. 본능적인 행동이었다. 제네시스에 오기 전 우리 부모의 절반 정도가 납치나 살해 위협을 받았다. 싸움과 갈등이 그치지 않는 지구에서 과학자란 걸어 다니는 미래 재산이었다. 겨우 여덟뿐인데 싸우면 슬프잖아. 편을 가르면 안 되잖아. 그렇게 서로를 도닥이고 뭉쳤다. 두려움과 슬픔이 우리의 중력이었다. 둥글게 모여 공 모양으로 되고자 하는 작은 파편들처럼.

평화로운 사업이라고 생각했다. 흠 없이 둥근 구가 된 달에 제네시스가 메시지 사업을 시작했을 때도, '너희처럼 후견자가 없는 아이들을 모아서 학교를 만들 거다.'라고 조안이 말했을 때도. 거대한 지출 항목이 마음에 걸려 추적해 본 결과, 내가 알아도 상관없다는 듯 너무나도 손쉬운 곳에, 무기 회사와의 거래 내역이 남아 있는 것을 보기 전까지는.

나의 부모님을 수없이 해치려 들던 무기들. 조안이 선택한 방식. 그래서 나는 제네시스를 떠났다. 열여덟 살에.

떠나기 전 마지막으로 조안을 만나러 갔을 때 조안은 내게 여러 가지를 말해 주었다. 제네시스의 아이들 중에는 가장 나이가 많지만 바깥에 나가면 어린 나이라는 것. 나의 집 계약, 학교 진학 등을 도와주고 부모님의 유산이 내게 주어지도록 관리할 사람이 당분간 같이 있을 예정이라는 것. 조안이 나에게 해 준 마지막 배려였다. 내가 제네시스를 떠나는 일로 조안이 다른 사람들과 갈등을 겪었다는 걸 알고 있었다.

"루카, 너는 아홉 살에 들어왔으니까 바깥 세계에서는 기본 교육 이수 평가를 다시 쳐야 해. 초등, 중등, 고등…… 세 번이니까 3년은 걸리겠구나. 하고 싶은 일은 있니?"

나는 어렸을 때처럼 남극학자가 되고 싶지는 않았다. 그래서 일단 나가서 고민하겠다고 했다. 열여덟 살이면 밖에서는 새끼 오리처럼 어린 취급을 받는 나이인데, 서둘러 내 미래를 결정할 필요는 없다고 생각했다. 바깥에서 나는 목수도, 천문학자도, 선생님도, 스피드레이서도 될 수 있었다.

조안은 내 말에 잠시 턱을 괴고 침묵을 지켰다. 조안의 질문이 내 귀에 주저하듯 내려앉았다.

"루카, 우리가 틀린 걸까?"

이미 제네시스 학교의 첫 번째 신입생을 받아 버린 후에, 그 애들이 다시는 섬 밖으로 나가지 못한다는 것까지 공표한 뒤에야 하는 질문이라니. 너무 늦은 게 아닐까. 나는 쓴웃음을 지었다.

"모르겠는데요."

"나는, 우리는…… 너희에게서 가능성을 보았어."

"가능성이요?"

"매해 치렀던 학력 테스트, 기억하니?"

조안이 말하는 학력 테스트는 4월의 행사 같은 거였다. 내가 처음 제네시스에 부모님 손을 잡고 들어왔을 때부터 4월에는 학력 테스트가 있었다. 끝나면 나가서 놀 생각뿐이었던 때부터. 부모가 있는 아이들이 차례대로 제네시스를 나가고 형제들이 나가도 4월은 테스트의 달이었다.

"기억하죠. 올해는 저는 안 했잖아요. 단 혼자 했겠네."

"그래. 너는 더 이상 학생이 아니지."

조안은 고개를 끄덕였다.

"그러니 이제 어른 대 어른으로, 지금부터 내가 하는 이야기를 아무에게도 하지 않겠다고 약속할 수 있겠니?"

나의 대답은 없었지만 조안은 이미 내 대답을 알고 있었을 것이다. 조안은 나를 응시하다 입을 열었다.

"내가 지금부터 할 이야기는, 우리가 제네시스에 학교를 세우기로 한 이유와도 연관되어 있어. 우리가 본 가능성, 그건 너였어. 네가 우리에게 보여 준 기록이 우리에게 꿈을 꾸게 했어."

꿈이라니.

"너는 똑똑한 아이야. 루카 너는 그렇지 않다고 할지도 모르겠지만. 우리는 수년간의 테스트 결과를 통해 네가 얼마나 뛰어난 아이인지 봐 왔어. 다만 다른 아이들도 뛰어났을 뿐이지."

"그게 비밀인가요?"

조안은 아직 이야기는 시작하지도 않았다는 듯 고개를 저었다.

"우리는 너희의 테스트 결과를 모두 갖고 있어. 사람의 육체와 두뇌 성장은 어느 시점에서는 느려지다가 어느 시점에서는 또 폭발적으로 증가하지. 그걸 토대로 해서 교육이라는 게 이루어져. 신동이든 일반인이든 마찬가지야. 그런데 루카, 너는 열한 살에 평균을 훨씬 뛰어넘는 성장을 했어."

조안이 물었다. 연구자의 표정으로.

"루카, 열한 살 4월이란 너에게 어떤 때였지?"

가슴속이 누군가 공성 추로 두들기는 것처럼 울려왔다.

나에게 열한 살의 4월이란, 부모님을 사고로 잃은 후 첫 테스트를 치른 달이었다. 아홉 살의 테스트와 열 살의 테스트는 끝낸 후 부모님에게 달려갈 수 있었다. 자랑하거나 투덜거릴 수 있었다. 열한 살에는 그럴 수 없었다. 시험지를 받아 든 순간부터 알고 있었다.

문제 하나하나를 풀 때마다 한 손으로 옷깃을 부여잡고 비틀어 댔다. 스스로 목을 조르듯. 손이 땀에 젖었다.

나는 간신히 떨지 않고 대답했다.

"부모님이 돌아가시고 나서 첫 테스트를 치렀죠."

"그래."

조안이 나를 보았다. 표본이 된 나는 무기력하게 그 앞에 서 있었다.

"그리고 그 테스트에서 성취도가 유의미하게 올라갔지."

약간 속이 메스꺼워졌다.

"조안, 당신이 본 가능성이라는 게…… 아이들이 소중한 사람을 잃을 때마다 학력 테스트 결과가 좋아진다는 얘기인가요?"

조안은 손가락으로 책상을 톡톡, 두들겼다.

"그래. 부모를 잃고 본 테스트 결과가 직전 해보다 월등히 높았어. 네가 단보다 편차가 컸지. 외로움이 성장의 원동력이라면, 우리가 그걸 사용하지 못할 이유는 없었어."

속이 뒤집히며 어지럼증이 몰려와 나는 한 발짝 뒤로 물러났다.

"우리는 기도했어. 입학한 아이들의 가능성이 최대한 꽃필 수 있기를. 우리가 그걸 도울 수 있기를. 신이 지으신 이 아이들을 불쌍히 여기고 사랑스럽게 여겨, 이 아이들이 지구를 어떤 위협에서도 지켜 낼 수 있기를."

나는 뒤로 물렀던 발을 다시 앞으로 당겼다. 그러지 않으면 내 목소리가 조안에게까지 닿지 않을 것 같았다. 목소리를 쥐어짜 내야 했다.

"애들이 무슨 제물이라도 돼요?"

"우리는 모든 걸 걸었어, 너희를 지키기 위해."

조안은 흔들림 없는 목소리로 대답했다. 탄식 같은 목소리가 내 목에서 흘러나왔다.

"미쳤네요."

"우리가 하는 모든 짓을 밖에선 미쳤다고 하는걸."

나는 얼굴을 일그러뜨렸다.

"신이 있다면, 조안, 당신은 벌받을 거예요."

"나도 가끔은 신을 버리고 싶단다. 신이 있다면 천국과 지옥도 있을 테고 나는 지옥에 갈 테니까."

조안의 얼굴이, 연구자에서 다시 내가 아는 조안으로, 돌아왔다. 나는 고개를 숙였다.

"저도 같이 그 지옥에 가겠네요."

"루카."

조안이 의자에서 일어나 지팡이를 짚고 나에게 다가왔다. 마주 잡은 손이 차가웠다.

"우리가 틀린 걸까?"

"모르겠어요."

"너희가 행복하길 원했어."

우리의 행복을 당신들이 만들 수 있다고 생각했나요.

조안은 앞으로 내가 '루카'로 살 수 없다고 했다. 제네시스에서 생활한 루카로 밖에서 살면 수많은 악의와 마주쳐야 할 거라고. 세상에는 제네시스에 적의를 가진 사람이 많고, 미움은 가장 약한 자를 향한다고. 신분을 바꿔야 했다. 나는 새 이름으로 캐롤린을 택했다. 천문학자의 이름을 갖고 싶어서 여러 이름을 고민했고 슈메이커-레비 9호 혜성의 발견자의 이름이 가장 마음에 들었다.

캐롤린으로 나는 7년을 살았다.

하고 싶은 것은 무엇이든 배웠다. 내 손으로 톱질을 하고, 벽돌을 쌓았다. 수학 올림피아드에도 나갔다. 당첨된 적은 없지만 매주 복권을 샀다. 독일 문학을 배우기도 했다. 일하던 회사에서 고장 난 에어컨을 고쳐 주고 '캐롤린, 넌 천재야!'라는 포옹과 키스를 받았다. 그날 밤엔 혼자 맥주를 마시면서 키득키득 웃었다. 천재라니. 태어나서 한 번도 듣지 못한 말이었다. 애인은 무슨 좋은 일이 있어서 그렇게 웃느냐고 물었다. 나는 애인에게 잔을 들어 보이며 '오늘은 내가 천재가 된 날이고, 너랑 같이 살고 있는 날이야.'라고 했다. 애인은 또 이상한 말을 한다며 한숨을 쉬고 안주를 꺼냈다. 종종 이상한 말을 하지만 무엇에도 특별히 뛰어나지 않은 사람. 그래도 되는 사람. 캐롤린.

바깥에 나와서 내가 알게 된 것은 사람들은 생각보다 제네시스에 대해 별생각이 없다는 거였다. 제네시스의 광고는 어디서든 볼 수 있었지만 다른 광고물처럼 대부분이 무심하게 지나치는 대상이었다. 제네시스와 일말의 관계도 없는 사람의 시선으로 본다면, 세상은 대체로 평화로웠다. 따뜻한 집 안에서 교전 지역의 뉴스를 듣는 것과 비슷한 일이었다. 제네시스는 열심히 싸우고 있었지만 세상에는 그 싸움이 알려지지 않았다. 알려지지 않는 것은 존재하지 않는 것이나 마찬가지였다.

종종 반짝이는 악몽이 나를 찾아왔다. 꿈에서 나는 제네시스에 있었다. 간혹 비가 오고 번개가 치면 우리는 커튼을 열고 다음 번개는 어디에 떨어질지 내기를 했다. 땅콩버터 크래커와 레모네이드를 걸고서. 항상 한 명쯤은 천문관 피뢰침에 걸었지만 한 번도 그곳에 번개가 떨어진 적은 없었다. 루카, 이리 와 봐. 루카, 이거 해 봐. 루카, 루카, 루카로 호명되던 기억. 잃은 생처럼 아득해진 것들. 반짝였지만 꿈에서 깬 나는 항상 울고 있었다. 다시는 돌아갈 수 없을 날들.

그 기억이 너무 아프고 괴로워서 나는 잠들기 전마다 남극을 생각했다. 내가 한 번도 가 보지 못하고 결국 포기한 땅. 얼음과 펭귄의 세계, 하얗고 눈부신 땅을. 한참 눈을 감고 하얀 남극을 생각하다 보면 잠이 들었고 다음 날 아침이 왔다. 그러면 나는 안도하며 길게 숨을 내쉬었다. 긴팔 잠옷을 입고 깨어나, 먼저 일어난 애인이 내리는 커피 냄새를 맡으며. 창밖을 지나가는 차 소리와 사람들의 목소리를 들으며. 커튼 사이 눈부시게 스며드는 아침 햇살에 찡그리며.

나는 여기에 있었다.

제네시스에 있지 않아도, 나는 살아 있었다. 어른이 되어.

“다음 주 토요일에 소행성이 지구와 충돌한대.”

회사에서 누군가 심각한 표정으로 말했을 때 나는 설마, 라고 대답했다. 제네시스를 나온 이후 조안과는 한 번도 연락을 한 적이 없었다. 나는 이제 제네시스의 루카가 아니었으므로. 누구도 나를 루카라고 부르지 않았다. 하지만 국제 천문 연맹의 대표자마저 심각한 표정으로 설명하는 것을 인터넷에서 봤을 때 나는 루카를 떠올렸다.

내가 거기 있었다면.

조안이 본 가능성에 따라 제네시스의 루카로 자랐다면, 나는 지금 이 상황에 대해 어떻게 생각하고 있을까. 경영부의 루카든 다른 어느 곳의 루카든, 제네시스 안에서 이 말을 들었다면 어떻게 반응했을까. 단에게 가서 무언가를 물어봤을까.

단은 알고 있을까. 아마 진작에 알았겠지. 제네시스의 탐지는 다른 어느 곳보다도 빨랐을 것이다. 그것 하나는 확신할 수 있었다.

이제 여기는 어떻게 될까. 나는 그날 집으로 돌아오며 생각했다. 식료품점에는 사람들이 길게 줄을 늘어서 있었다. 뉴스에서는 스발바르 국제 종자 저장고를 비롯한 북반구 일부는 안전할 거라고 했다.

애인은 우리 모두 방공호에라도 들어가 있어야 하냐고 얼굴을 찡그리면서도 농담을 했다. 나는 고개를 저었다.

"북반구 이쪽은 안전하다잖아. 뭘 그리 걱정해."

"하지만 만약 소행성이 여기로 떨어져 버리면?"

호기심과 농담조, 일말의 두려움이 섞인 애인의 얼굴을 보며 나는 머릿속의 지식을 불러내었다.

"그렇게 되면 방공호도 소용없어. 일차적으로 여기에 소행성이 충돌하면 높은 확률로 불바다가 생길 거고, 그다음엔 먹구름으로 하늘이 가득 찰 거야. 태양의 열이 닿지 못한 곳은 얼어붙을걸. 그 전에 충돌 에너지로 엄청난 지진과 해일이 일어날 거고."

나는 애인의 크게 뜬 눈을 보고 말을 멈췄다.

"캐롤린, 언제부터 소행성 충돌에 관심이 있었어?"

애인이 감탄하며 물었고 나는 애매하게 웃으며 얼버무렸다.

"어릴 땐 누구나 그런 거 좋아하지 않나? 응. 어릴 때."

어릴 때 루카가 배운 거야.

"아무튼, 지구의 일부분이 사라지는 건 어떻게 해도 방법이 없단 얘기야?"

"아마도."

"그럼 우리는 대체 뭘 해야 돼?"

애인의 말에 나는 고개를 갸웃거렸다.

"글쎄, 기도할까?"

조안은 아이들을 위해 기도했다고 내게 말했다. 행복하게 해 주고 싶었다고.

실제로 아이들은 행복해 보였다. 처음 입학했을 때 주저하고 사납고 눈치를 보던 아이들은 곧 섬의 분위기에 익숙해졌다. 손을 잡고 달리고 공을 찼다. 싸우기도 했다. 우리 여덟 명은 할 수 없던 것. 겨우 여덟뿐이라서 차마 하지 못한 것. 편이 갈라져서 영원히 서로 미워하게 되면 어쩌나 두려워서 하지 못한 싸움.

하지만 내일이면 다시 얼굴을 볼 것을 확신하듯 아이들은 거침없이 싸웠다. 그것만은 부러웠다. 제네시스 안에서 나는 아무하고도 싸울 수 없었기 때문에. 입학생들끼리 싸우면 징계를 받는다고 해도 제네시스 밖으로 쫓겨나는 일은 없었다. 그게 제네시스를 떠받치는 거대한 약속이었다. 너희는 이 안에서 함께할 거야. 우리가 너희를 지킬 거야.

그러니 지구의 멸망을 막아 주렴.

문득, 조안은 지금 무슨 기도를 하고 있을지 궁금해졌다.

"기도도 좋지만, 너 도서관에서 책 빌린 거 반납 안 했잖아. 반납이나 하고 와."

애인은 내게 책 두 권을 건네주었다.

"그래야겠다. 지구 멸망이 코앞인데 도서관이 붐비지야 않겠지."

"도서관 가는 길은 붐빌 거야."

4월 중순이지만 아직은 코트를 입어야 할 만큼 싸늘했다. 시내에서 트램을 기다리는 동안 많은 사람을 보았다. 이야기를 나누고, 가게에 길게 줄을 서고, 하늘에 삿대질을 하는 사람들. 그 와중에도 누군가는 백화점에서 선물 봉투를 들고 나왔다. 어떤 아이는 땅에 앉아 있는 새를 들여다봤다. 누군가는 교과서를 서점에서 팔지 않는다며 화를 내고 있었다. 참 다양하구나. 조안이 염려한 것들이 대체 무엇이었나 싶을 정도로. 나는 트램을 타고 도서관으로 갔다.

뉴스를 보았느냐는 사서의 말에 나는 그렇다고 대답했다. 사서는 22세기가 아닌 21세기에 태어난 사람이었다.

"걱정 말아요. 나는 증손자가 둘이나 있어. 팔십 평생 지구가 망할 거라는 말을 몇 번이나 들었는지 몰라. 그래도 팔팔하게 살아 있잖아."

캐러멜 하나를 주며 다정하게 웃는 사서에게 나도 웃어 보였다. 도서관은 한적했다. 나는 책을 반납하고 다시 두 권의 책을 골라 대출했다. 평소와는 다르게, 재난 후의 행동 지침과 천문학에 관한 길고 복잡한 책이었다. 지금의 내가 이것을 다 이해할 수 있을까 싶으면서도 나는 그 책들을 골랐다. 사서는 나에게 말했다.

"우리에게 행운이 있기를."

도서관을 나서자 애인의 메시지가 도착했다. 올 때 우유 사 와. 아무래도 애인이나 나나 지구 멸망에 대해 별생각이 없는 건 비슷한 것 같았다.

집에 돌아오자 애인이 또 책을 빌렸냐고 타박했다. 이번에도 반납일에 늦으면 자기는 절대 안 알려 줄 거라고. 나는 알겠다고 투덜대며 부엌에 놓인 캘린더에 반납 날짜를 표시했다. 2주 뒤. 저녁 식사 준비를 하며 나는 사서가 한 말을 떠올렸다. 행운이 있기를. 그렇게 기도하면 되는 걸지도 모르겠다.

사서는 지구가 망한다는 말을 몇 번이나 들었지만 망하지 않았다고 했다. 지구가 망하지 않은 것은 일정 부분은 행운이고, 일정 부분은 제네시스의 노력이었다. 쏘아 올리는 기도처럼 제네시스는 하늘을 향해 미사일을 발사했다. 아마 그건 조안과 어른들의 간절한 기도였을지도 모른다. 소행성을 공격해야 하는 날들이 더 오지 않기를 기원하는 기도. 비록 응답을 받지 못했더라도.

그렇다면 나는 지금 어떤 행운을 빌어야 하는 걸까.

오븐 앞에 서서 짧게 기도했다.

"조안에게 행운이 있기를."

아직도 나는 조안을 이해할 수 없었다. 이미 내가 모르는 곳에서 많은 일들이 진행되어 있었다. 내가 나간 이후 한층 더 치열한 일들이 벌어졌을지도 모른다. 그러나 나는 적어도 하나는 인정해야 했다. 조안의 방식이 비록 틀렸을지라도 조안이 나에게 미래를 주었다는 걸.

제네시스에 행운이 있기를. 신이 그곳을 기억하기를. 빛나는 그 아이들 중 단 한 사람이라도 무사히 어른이 될 수 있기를. 조안이 믿는 신에게 기도했다.

토요일의

아침
인사

부스 안에 있던 사람이 눈물을 훔치며 나왔다. 세은은 크게 숨을 들이쉬고 부스 안으로 들어갔다. 적당한 조명과 완벽한 방음. 이 부스 안에서는 아무리 크게 소리를 지르거나 울어도 밖으로 새어 나가지 않는다. 그래서 제네시스의 아이들은 줄지어 있는 부스들을 '울기 좋은 곳'이라고 불렀다. 세은은 한 번도 이용해 본 적이 없었다. 그리고 오늘은 부스의 별명대로 많은 사람이 부스 안에서 울고 있었다.

몇 시간 후 전 지구의 문명이 사라질 위기에 처한다면 그건 울 만한 일이지.

세은은 마이크와 카메라를 켰다. 정면 모니터에 세은의 모습이 나타났다. 단정한 제복과 가슴에 달린 명찰. 흐트러짐 없는 모습. 세은은 몇 번이고 고치며 외웠던 문장을 낭독하기 위해 준비했다. 녹화 버튼을 누르자 카메라의 카운트다운 소리가 들렸다. 스리, 투, 원. '원'과 녹화 시작을 알리는 신호음 사이에 세은은 잠시 눈을 감았다 떴다.

정면의 카메라를 보고 입을 열었다.

"저는 최세은입니다. 나이는 열일곱 살입니다. 성별은 여자입니다. 국적은 한국이고 혈액형은 O형입니다. 소속은 제네시스 우주기상통제국. 직책은 A팀 팀장입니다. 제가 탑승한 냉동수면고 번호는 B-23912번입니다. 만약 저를 발견하여 해동하신다면 반드시……."

세은은 다시 눈을 감았다.

메시지를 낭독하는 도중에 말문이 막힐 줄은 세은 자신도 짐작하지 못한 일이었다. 간단한 일인데. 모국어나 영어로 메시지를 녹화하면 번역기는 수십 개 언어로 세은의 메시지를 옮겨 저장해 줄 것이다. 세계 어느 나라의 사람이 이 유언 파일을 수신하더라도 세은이 누구인지, 어디 있는지 알아낼 수 있도록. 그러니 정해진 양식에 따라 자신의 말을 남기기만 하면 된다. 이름과 나이, 성별, 국적, 혈액형, 소속, 직책……. 혹여나 당황한 발화자가 정해진 양식을 잊어버릴까 봐 한 가지 양식을 댈 때마다 남은 항목이 무엇인지 스크린 한구석에 띄워 주기까지 한다. 마지막으로 한 항목만 이야기하면 되는데.

만약 저를 발견하여 해동하신다면 반드시 ……에게 소식을 전해 주시기 바랍니다.

매뉴얼에 따르면 '전달받을 사람'은 세 명을 지정하는 것이 원칙이었다. 자신이 깨어났을 때 가장 빠르게 상황을 파악하고 도움을 줄 사람, 아무도 찾지 않는 사람이 없도록 학교에서 배정한 랜덤 연결자, 그리고 가장 아끼고 사랑하는 사람. 세은은 다시 눈을 떴다. 그리고 입을 열었다.

"……세 사람에게 전해 주시기 바랍니다. 우주기상통제국 스왈릿 싱 국장, 랜덤 연결자 타카와 사에, 그리고……."

그리고 제가 가장 아끼고 사랑하는 사람, 눈을 떴을 때 가장 먼저 보고 싶고, 생사라도 알고 싶은 사람. 세은은 입술을 깨물었다. 카메라는 계속 세은의 모습을 녹화하고 있었다. 적막. 방음 처리가 철저한 부스는 원래 업무용으로 필요한 영상을 녹화하는 부스였지만 지금은 '유언 부스'로 사용되고 있었다. 줄지어 있는 스무 개의 부스 안에서 누군가는 울고 있고 누군가는 죽기 싫다며 소리를 지르고 있을 것이다. 또는 유언 남기기를 포기한 사람도 있을 것이다.

소행성이 지구와 충돌해 토리노 척도 9나 10의 위험에 처했을 때, 그러니까 지구 문명이 파괴되거나 대륙의 절반 이상이 날아갈 위기일 때, 제네시스의 모든 학생들에게는 반쪽짜리 선택권이 주어졌다. 냉동수면을 택할 수 있고, 깨어 있을 수도 있다. 메시지를 남길지, 남기지 않을지도 전적으로 자율이었다.

다른 애들과 마찬가지로 세은 역시 보육원에서 자랐다. 제네시스가 달의 영토를 이용해 사업을 시작했다는 걸 들었을 때 세은은 아홉 살이었다. 세은은 또래보다 머리가 좋았지만 보육원이라는 작은 울타리 안에서 늘 튀지 않게 조심해야만 했다. 보육원의 아이들은 굶주려 있었다. 빠르게 상대의 약점을 포착했고 빠르게 처신했으며 빠르게 사랑에 빠졌다. 만 열여덟이 되어 보육원을 나가기까지는 한참이 남아 있었고 그것은 세은이 그만큼 오래도록 평범한 아이 연기를 해야 한다는 뜻이었다.

제네시스가 처음으로 문라이터를 달에 가져다 대던 날, 그래서 창세기의 첫 문장을 달에 새기던 날 보육원 아이들은 마당으로 나가 하늘을 올려다보았다. 몇몇 큰 아이들은 망원경을 가지고 와 달을 좀 더 자세히 들여다보려 했지만 지구와 달의 거리는 너무나 멀었다.

세은은 아이들이 들어간 후 마당으로 나왔다. 또래보다 작고 깡마른 그림자가 달빛 아래 드리워졌다. 아까 나왔다면 분명 괴롭힘 당했을 거야. 세은은 마당에 혼자 서서 하늘을 올려다보았다. 약육강식에 가까운 아이들의 세계에서 튄다는 것은 약점이 되었다. 세은의 똑똑함은 '편애를 받는다'는 꼬투리가 되어 세은을 공격할

구실이 되었다. 꼬집히고 걷어차인 상처가 옷 아래 숨어 있었다.

아무도 없는 저곳으로, 가고 싶어.

세은은 달에 소원을 빌었다.

세은이 열 살이 되었을 때 제네시스에서 특별 장학생을 모집하겠다는 광고가 지구 전체에 뿌려졌다. 각 나라의 언어와 글자로. 어느 매체에서든 그들의 광고를 접할 수 있었다. 제네시스는 자신들이 모은 돈으로 부모나 후견인이 없는 아이들에게 도움을 주고 싶다고 했다. 그러나 열두 살 미만은 시험을 칠 수 없었다. 세은은 입술을 깨물었다. 2년이나 더 기다리라고?

학교 도서관 구석에서 세은은 제네시스 추천도서들을 뽑아 들고 공부를 시작했다. 세은은 그전까지 무언가가 되고 싶어 노력한 적이 없었다. 아무리 노력해도 부모를 가질 수는 없었다. 아홉 살이 넘었다는 건 양부모가 더 이상 찾지 않는 나이가 되었음을 뜻했다. 세은은 방과 후면 도서관에 숨어 여러 가지 분야의 책을 탐독했다. 수학, 천문학. 영어를 배우지 못했기 때문에 한글로 된 책밖에 읽을 수 없었다. 수업이 일찍 끝나는 날에는 중학교에 다니는 아이들 책을 훔쳐보며 문제를 풀었다. 제네시스 입학 시험을 하루 앞둔 날, 세은은 초저녁에 잠들었다.

그리고 새벽 세 시에 깨어났다. 달은 환하고 마당은 고요했다.

같은 방을 쓰는 아이들의 숨소리와 잠꼬대 소리만이 주변을 채웠다. 세은은 슬리퍼 없는 맨발로 차가운 바닥을 밟으며 보육원에 있는 단 한 대의 컴퓨터로 다가갔다. 전원을 넣고 인터넷이 연결되기를 기다리는 시간이 초조하게 느껴져 작은 발로 바닥을 톡톡 굴렀다. 제네시스의 웹사이트는 접속한 국가에 따라 그들의 언어로 홈페이지를 번역해 주었고 세은은 어렵지 않게 시험 페이지에 접속할 수 있었다.

문제는 그다음이었다. 성별, 이름, 국적, 살고 있는 시설의 주소를 적어 넣던 세은은 나이를 입력하는 칸에서 손을 멈췄다. 열두 살 아래의 나이가 선택지에 없었다. 그 나이의 아이들이 풀 수 없는 문제니까. 물론 세은은 뛰어난 열 살이었다. 그러나 자신이 뛰어난 열두 살이 될 수 있는지는 확신할 수 없었다. 세은은 열두 살이라는 선택지를 택했다. 그다음으로 증명사진을 찍었다. 컴퓨터에 달린 웹캠에서 자동으로 플래시가 켜지며 잠옷을 입은 세은의 얼굴을 비췄다. 핏, 하는 찰나의 순간 세은은 눈이 부셔 두 눈을 감았다.

시험문제를 풀어 나가는 데는 꽤 시간이 걸렸다. 본 것 같은 개념들이 기억나지 않을 때도 있었고, 검산한 답이 처음의 답과 다르기도 했다. 그러나 제한 시간이 있는 시험이기에 시간을 질질 끌 수 없었다. 제한 시간이 없더라도 세은은 빨리 잠자리로 돌아가야 했다. 취침 시간에 몰래 나와 컴퓨터로 어딘가에 접속하는 행위를 들킨다면 또 꼬투리를 잡혀 공격받을 터였다. 세은은 최대한 빨리 문제를 풀고 답안을 전송했다.

휴, 한숨을 내쉬고 컴퓨터 의자에서 내려왔다. 발바닥에 와닿는 선득한 느낌이 목까지 찌릿하게 올라와 오줌이 마려웠다. 화장실로 가 불을 켜려던 세은은 졸린 듯 눈을 비비는 원장과 마주쳤다.

"세은이잖아. 새벽에 왜 일어났어?"

"화장실 가려고요."

원장이 고개를 끄덕이고 사라지자 세은은 화장실에 들어가 숨을 내쉬었다. 들킬 뻔했어. 소리 내어 중얼거리는 세은의 마음 안으로 다른 생각이 떠올랐다.

들켜야 해. 시험 결과로.

시험 결과가 나온 것은 보름 후였다. 보육원으로 국제우편이 배달되어 왔다. 세은은 그 봉투를 원장실 책상에서 보았다. 책상 위에는 봉투 안에 들어 있었을 여러 가지 서류와 제네시스가 있는 곳으로 가는 항공권, 그리고 눈을 감고 찍은 세은의 사진, 개인정보와 시험 점수가 기록된 결과표가 흩어져 있었다. 결과표에 세은은 열두 살로 되어 있었다.

"세은아."

원장이 책상 너머로 세은의 손을 잡았다. 세은은 두 눈을 깜박였다. 아무것도 모르겠다는 듯이.

"이거, 세은이 너 맞지."

"……네."

세은은 순순히 대답했다. 원장은 이마를 짚었다. 주름진 손이었다. 세은은 원장이 뭐라 하기 전에 먼저 입을 열었다.

"붙을 줄은 몰랐어요. 전 그냥 장난으로 한 거예요."

"나이까지 속여 가면서?"

"그건…… 열 살이라고 입력할 수 있는 곳이 없었는걸요."

약간은 죄책감이 들어 세은은 어깨를 움츠렸다. 더러운 옷자락이 눈에 들어왔다. 원장의 잘못은 없었다. 세은을 괴롭히는 건 아이들이었다. 원장은 늘 깨끗하게 세탁한 옷을 주었고 깨끗하게 씻을 곳과 충분히 먹을 음식을 주었다. 다만 아이들이 그걸 빼앗아 가서, 세은이 가지지 못했을 뿐이었다.

어떻게든 고등학교를 마치고 이 도시 어딘가에서 일자리를 얻어 독립하는 것도 나쁘지는 않을 터였다. 그러나 아홉 살의 그 밤에, 달을 본 순간에, 세은은 자신이 여기를 떠나고 싶다는 것을 알았다. 나를 괴롭히는 사람이 없는 멀고 먼 곳으로 갈 수 있다면 얼마나 좋을까. 그럴 수 있는 기회가 있는데 놓치고 싶지 않았을 뿐이었다.

"그래서 이제 어떻게 할 거니. 합격했다는데."

세은은 무릎 위에 올려놓은 손가락을 꼼지락거렸다.

"제가 가도 되나요?"

"테스트 결과를 봐. 거의 만점이잖아."

세은은 고개를 반쯤 들고 기어들어 가는 목소리로 말했다.

"저는 열두 살이 아니잖아요."

원장은 콧잔등을 찡그리며 웃었다.

"그건 네가 직접 가서 말해 보렴."

어쨌거나 세은은 제네시스 장학생에 선발된 아이였고, 선택권은 전적으로 제네시스에 달려 있었다. 얼마 후 보육원으로 세은을 데리러 제네시스에서 사람이 왔다. 원장이 세은의 수트케이스와 여권, 항공권을 제네시스의 안내자에게 넘겼다. 안내자가 여권과 세은의 얼굴, 합격 결과표를 번갈아 가며 보다가 물었다.

"그래서 이 애는 열두 살입니까, 열 살입니까?"

세은이 우물쭈물하며 대답했다.

"열 살이에요."

"그렇군요."

제네시스의 안내자는 원장에게서 세은의 짐을 받아 들었다. 세은에게 눈을 맞추려고 허리를 숙인 안내자가 말했다.

"자, 인사해라. 이제 뵙기 힘들 거야."

"아, 네……. 안녕히 계세요."

왜 그 순간 '다녀오겠습니다.'가 아니라 '안녕히 계세요.'가 튀어나왔는지는 세은 자신도 알 수 없었다.

남반구 어딘가에 있다는 제네시스를 향해 비행기는 출발했다. 난생처음 타 보는 비행기에 세은은 넋을 잃었다. 코가 눌리도록 비행기 창문 밖을 내다보고 또 내다보았다. 옆자리의 안내자는 이런 일이 비일비재하다는 듯 팔짱을 끼고 눈을 감고 있었다.

"저기요."

뭐라 부를 이름이 마땅치 않아 세은은 안내자를 저기요라 불렀다. 안내자는 슬쩍 한숨을 내쉬며 세은을 보았다.

"그래. 왜?"

세은은 침을 한번 삼켰다.

"나이를 속여서…… 합격이 취소될 수도 있나요?"

"글쎄."

안내자는 두 눈을 문지르며 대답했다.

"제네시스에서 제공하는 항공권은 편도야."

"네?"

"제네시스는 우수한 아이들을 끌어모으는 데 집중하고 있어. 고작 나이가 어리다는 이유로 합격자를 집으로 돌려보내겠어?"

어쨌거나 너는 이제 제네시스의 아이야. 안내자는 그 말을 끝으로 다시 눈을 감았다. 긴장이 풀린 세은도 열 시간이 넘는 비행 내

내 곤히 잠들었다.

눈을 떴을 때 세은은 거대한 건물 입구에 서 있었다. 안내자는 세은의 짐을 '연구원'이라는 명찰을 단 사람에게 넘겨주었다.

"오늘 테스트 담당은?"

"닥터 싱."

"테스트실은 이쪽이야. 행운을 빈다."

세은을 데리러 온 직원도, 연구원도 모두 한국말을 썼기 때문에 세은은 그들의 대화를 모두 이해할 수 있었다. 또 한 번의 행운이 필요한 걸까. 세은은 수트케이스를 끌며 건물 로비로 들어섰다. 그리고 뒤를 돌아보았다. 닫히는 문을 보며 세은은 속으로 말했다.

어차피 갈 곳도 없잖아.

소행성이 날아와 지구와 충돌할 때는 어떤 느낌일까.

열다섯 살이 되어 직업반을 선택하고 우주기상통제국에 발령받은 날, 모두가 처음 본 영상은 소행성이 지구와 충돌하는 영상이었다. 싱 국장도 묵묵히 영상을 보고 있었다. 지구가 회색 구름으로 뒤덮이는 것을 본 다음, 싱 국장은 영상을 끄고 아이들에게 말했다.

"무섭니?"

아이들은 서로 눈치를 보았다. 우주기상통제국은 수학, 물리학,

천문학 등에서 가장 높은 점수를 받은 아이들이 지원하는 곳이었다. 도형과 시뮬레이션으로 그려지는 아름다운 세계와 수만 수억 년 전 별빛을 사랑하는 아이들에게 '우주와의 키스'는 낯설고 두려웠다. 싱 국장은 맨 앞자리에 앉은 세은에게 물었다.

"자, 최세은. 저 소행성은 얼마나 클까?"

세은은 머뭇거리다 대답했다.

"지구 문명의 멸망과 지구적 기후 변화를 일으키는 규모로 보이므로, 저 소행성의 스케일은 지름 1킬로미터 이상입니다."

싱 국장은 고개를 끄덕이고 전자 보드에 두 개의 점을 찍었다.

"사람 둘이 소행성의 양 끝에서 걸어가면, 십 분이면 중간점에서 만나는 정도야. 그 정도의 소행성이 문명을 없앨 수 있지."

싱 국장은 다시 아이들을 돌아보고 말했다.

"우리의 임무는 이런 일을 막는 거야."

지구를 구한다는 생각을 열 살의 세은은 해 본 적이 없었다. 연구원은 싱 교수에게 세은의 입학 시험 결과를 내밀었고, 싱 교수는 조용히 그것을 읽었다. 그리고 세은에게 다가와 눈을 들여다보았다. 싱 교수는 영어로 말했고, 연구원이 대화를 통역했다.

"영어 할 줄 아니?"

"아뇨."

"그럼 오늘 테스트는 도움을 좀 받아야겠구나."

싱 교수는 수학과 과학 문제가 영어로 나와 있는 태블릿을 세은에게 내밀었다. 그리고 연구원의 등을 두드리며 무어라 몇 마디를 더 했는데, 연구원이 그 말은 통역해 주지 않았다. 자신의 앞에 온 연구원에게 세은은 물었다.

"저 사람이 뭐라고 했어요?"

"아."

연구원은 문제에 나오는 주 개념들을 빠르게 한국어로 종이에 옮겨 써 주며 대답했다.

"네 눈 색이 궁금했다고. 아주 예쁘고 진한 갈색이래."

세은은 자신이 잡은 태블릿 펜이 떨리는 것이 문제에 대한 부담감 때문인지, 처음으로 들어 본 눈에 대한 칭찬 때문인지 아리송했다.

시험 결과는 나쁘지 않다고 연구원은 전했다. 영어부터 배워야겠네. 연구원은 태블릿에 영어 동화책 몇 권을 다운받으며 중얼거렸다. 그때 싱 교수가 연구원 옆으로 와서 나직하게 노래했다. 가사는 달랐지만 세은은 그 노래를 알고 있었다. 반짝, 반짝, 작은 별. 트윙클, 트윙클, 리틀 스타. 싱 교수는 세은이 입을 열어 한국어로 노래를 따라 부르는 것을 보고 웃었다. 그리고 아직 영어를 모르던 세은에게 뭐라 말했는데, 세은은 오래지 않아 그 말을 해

석할 수 있었다.

"노래부터 시작하자."

세은은 최소 열두 살인 제네시스의 다른 아이들에게 섞이지 않고, 낮에는 개인 수업을 받고 쉬는 시간에는 노래를 부르며 3개월을 보냈다. 3개월 후 세은은 기본적인 회화와 수업 개념을 영어로 이해할 수 있게 되었다. 열두 살 아이들의 교실에 '꼬마'를 위한 자리가 마련되었다.

열두 살부터는 2인 1실의 기숙사 생활을 하는 것이 규칙이었다.

영어가 공용어인 학교생활이었지만, 열두 살 아이들에게는 대부분 자신과 같은 모국어를 사용하는 룸메이트가 배정되었다. 쉬는 시간만이라도 언어의 장벽을 느끼지 않도록. 갈색 단발을 단정하게 귀 뒤로 넘긴 세은은 빈방에 소지품을 내려놓았다. 서로 다른 벽을 향한 두 개의 책상, 두 개의 침대, 벽에 붙은 두 개의 벽장과 개인 사물함. 옷을 옷장에 넣고 개인 컴퓨터를 설치하느라 애를 먹고 있는데 발소리도 없이 한 아이가 들어왔다.

"최세은?"

다른 나라 아이들이 발음하는 애매한 방식이 아닌, 한국어 그대로의 발음. 세은은 휙 고개를 돌렸다. 오랫동안 들어 보지 못한 소리였다. 한국 출신이 없지는 않을 테지만, 같은 반 아이들은 세은에게 말을 잘 걸지 않았다. '평범한 열두 살'을 포기한 대가려니, 세은은 어깨를 으쓱하고 말았지만 오랜만에 듣는 모국어의 억양은 세은의 마음을 두근거리게 했다. 어깨에 회색 배낭을 멘 아이는 주변을 두리번거리다 세은의 곁으로 와 얽힌 데스크톱 회선들을 풀어내고 인증 절차 탭을 열어 세은에게 마우스를 건넸다.

"입력해. 네 코드."

"어."

세은이 자신의 코드를 입력하고 엔터를 누르자 데스크톱은 무선 인터넷과 교내 네트워크 인증을 마쳤다는 메시지를 출력했다. 검은 쇼트커트를 쓸어넘기는 아이의 귀 아래로 작은 점이 보였다. 세은은 뒤늦게 인사했다.

"안녕, 어…… 고마워. 나는 최세은이야."

"응. 나는 유리아야. 얼마 전에 왔어."

"응……."

만나서 반가워. 그 말을 하기도 전에 리아는 짐을 풀어 자신의 공간에 정리하기 시작했다. 단출한 옷가지와 개인 컴퓨터가 전부인 건 세은과 비슷했다. 짐을 다 푼 리아가 침대 두 개를 보다가 세은에게 물었다.

"오른쪽이 좋아, 왼쪽이 좋아?"

사람은 살아가며 수많은 선택에 직면하게 된다. 열두 살이든, 열일곱 살이든, 칠십 살이든. 오렌지주스를 마실지, 우유를 마실지. 물리를 들을지, 미술을 들을지. 세은이 마주한 수많은 선택지 중 하나였을 뿐인 '오른쪽 침대'와 '왼쪽 침대'가 아직까지도 기억에 남아 있는 건, 그 선택지가 '룸메이트' 유리아의 질문이었기 때문일 것이다. 감정을 나누고, 생각을 나누고, 함께 밤을 보낼 사람. 세은은 오른쪽이라고 대답했고, 리아는 입을 삐죽이고 대답했다.

"나도 오른쪽이 좋은데."

"응? 그럼 네가 오른쪽 쓸래?"

"아하하하."

리아가 깔깔대며 웃었다. 그리고 세은의 어깨를 툭툭 치며 말했다.

"너 쓰고 싶은 거 써. 오른쪽이든 왼쪽이든 무슨 상관이야? 겨우 1미터 사이에 두고."

너 하고 싶은 대로 해.

그 말은 세은이 리아에게 앞으로 가장 많이 듣게 될 조언이었다.

보육원을 벗어났다고 괴롭힘이 끝난 건 아니었다. 아이들이 자잘한 문구류를 빌려 가 돌려주지 않는 일은 흔한 일이었다. 적어도 세은에게는 그랬다. 몸집이 작고 조용한 아이. 그리고 뛰어난 아이. 아이들은 세은의 물건을 멋대로 다루는 것으로 세은에게 자신을 무시하지 말라는 신호를 보냈다. 그래서 세은의 학용품은 바깥에서 산 게 아니라 대부분 학생들이 촌스럽다고 하는 지급품이었다. 지급품은 잃어버려도 1층 물품지원과에서 바로 받을 수 있었다.

그래서 세은은 어느 날의 소등 시간 직전, 리아가 불쑥 그 펜을 내밀었을 때 놀랐다. 지급품이었지만 자신의 물건이라는 걸 알 수 있었다. 펜 뚜껑을 이로 잘근잘근 씹은 자국과 네임태그가 남아 있었다. 리아는 세은에게 물건을 빌려 간 적이 없었다. 네가 이걸 왜. 세은은 리아에게 펜을 받고 주먹을 꽉 쥐었다.

"네 거잖아."

양보하고, 탐내지 않고, 싸우지 않고. 조용히 지내서 보육원을 무사히 떠날 수만 있다면 숨소리도 내지 않을 수 있다고 생각하며 살아온 세은에게 처음으로 되돌아온 자신의 물건.

"어떻게……."

이걸 찾아냈느냐는 말을 잇지 못하고 세은은 리아의 눈을 보았다. 검은색이었다. 리아는 하품을 한번 하고 눈을 비비며 대답했다.

"뺏었어."

리아는 꾸물꾸물 왼쪽 침대로 기어들어 가며 연이어 중얼거렸다.

"뻐기지 마. 여기선 그럴 필요 없어."

며칠 후 세은은 리아에게 물었다. 왜 나와 룸메이트가 되려고 했어? 룸메이트는 기본적으로는 선택할 수 있지만 아직 어린 학생들의 경우 되도록 같은 언어권이나 국가를 배정한다. 세은은 리아가 자신을 선택했다고 생각했다. 자신은 아무도 선택하지 않았으므로. 리아는 잠시 생각하다가 대답했다.

"네 머리카락 색이 예뻐서. 난 머리카락이 까맣고 뻣뻣해서 기르기 힘든데, 너는 머리 길러도 되게 잘 어울릴 거 같아."

그게 뭐야.

세은은 피식 웃었다.

세은은 한 번도 룸메이트 변경 신청서를 내지 않았다. 열세 살 기숙사, 열네 살 기숙사로 옮겨 가면서도 마찬가지였다. 리아도 마찬가지였다. 갈색 머리 아이가 없는 건 아닌데. 세은은 굳이 묻지 않았다. 세은은 리아가 편했다. 들리는 소문에 따르면 누가 뭐라고 하면 바로 받아치는 싸움닭에, 과목 간 편차는 들쑥날쑥하고, 가끔은 몰래 약까지 손댄다는 소문도 있었지만 세은에게는 아무래도 상관없는 일이었다. 세은의 머리카락은 질끈 묶고도 한 뼘이 넘도록 길어졌다.

리아는 세은에게, 방에 들어오면 꼭 손발을 씻고, 머리카락은 묶이지도 않는 쇼트커트고, 가끔 안경을 끼고 책을 보고, 잘 때는 꼭 이불을 껴안고 자고, 아침 식사 때는 모닝롤을 시리얼보다 좋아하고, 기상 알람을 한 달마다 바꾸는, 평범하고 다정한 룸메이트였을 뿐이었다.

약이나 담배 냄새가 난 적은 없었다. 기숙사에서 배급하는 보디샴푸 냄새가 났다. 싸움을 하는 건 맞았다. 여기저기가 늘 까져 있었다. 그럴 때마다 세은은 리아의 상처에 소독약을 발라 주며 잔소리를 했다. 리아는 알았다며 투덜대면서도 일주일 후면 또 다쳐서 돌아왔다.

하지만 아무래도 좋았다. 리아와 함께 지내며 세은은 시비에 맞받아치는 법을 배웠고, 누가 뭐라고 해도 고개를 꼿꼿하게 세우는 법을 배웠고, 더 이상 물건을 잃어버리지 않았다. 그 대신 방문 앞에 이따금 선물이 놓였고, 우편함에 종종 면도날이 들어 있었다.

세은이 리아에게 숨기는 것은 단 두 가지였다. 하나는 짝사랑. 다른 하나는 리아가 달로 가기 한 달쯤 전에 생겼다.

상사를 좋아하는 아이들은 드물지 않았다. 제네시스의 권고에 따라 직원의 아이들은 모두 섬 바깥에 거주하게 된 지 오래였다.

따라서 섬 안의 직원은 결혼을 하지 않았거나 배우자가 아이와 함께 섬을 떠난 케이스가 많았다. 싱 국장은 이혼했다는 소문이 있었다. 왼손에 반지를 끼고 있었지만 한 번도 싱 국장이 배우자나 아이의 이름을 입에 올린 적은 없었다.

처음으로 자신의 눈 색깔을 들여다보고 예쁘다고 말해 준 사람을 좋아하는 건 어쩔 수 없는 일이라고 세은은 생각했다. 싱 국장의 수업 시간이나 싱 국장과 면담을 하게 될 때마다 블레이저의 먼지를 털고 바지의 주름을 펴면서. 묶은 머리카락이 단정한지 손으로 빗어 내리면서. 소문이 퍼져도 어쩔 수 없다고 생각했다. 어차피 누가 누구를 좋아한다 하는 것은 흔한 소문이었다.

싱 국장은 세은에게 한 번도 특별한 무언가를 준 적도, 줄 것처럼 행동한 적도 없었다. 그저 공평했다. 세은은 다른 아이들처럼 쿠키나 차 같은 선물을 건네지도 않았다. 다만 싱 국장이 주는 업무에 충실하고 싶었다.

우주기상통제국의 아이들은 각자가 관리할 구역을 가지고 있었다. 소행성 몇 개의 좌표가 세은의 업무 영역이었다. 가끔 소멸하고, 가끔 지나쳐 가는 일련의 흐름을 분석했다. '위험한' 것으로 판단된 몇 개는 위성 무기로 요격해 방향을 틀었다. 우주는 넓고 넓어서 티끌만 한 변화라도 긴 시간과 공간에 걸쳐 어마어마한 결과를 만들어 냈다.

어디서부터 어디까지 시간을 되돌려야 할까. 네가 이곳에 있게 하려면. 우리가 다른 아이들처럼 울고 떨며 마지막을 함께 준비하려면. 기숙사 우리 방에서 껴안고 한 번이라도 울 수 있게 하려면. 인간은 불가역적인 존재이므로 배우기 전으로, 알기 전으로 돌아갈 수 없다는 것은 세은도 알고 있었다. 하지만 그럼에도 불구하고, 내가 너에게 숨긴 두 가지 중 하나가 태어나지조차 않았더라면. 너와 내가 지구에서 울 수 있었더라면. 너와 내가 함께 있다면. 그러나 그럴 수 없었다.

리아를 달로 보내 버린 것은 다름 아닌 세은 자신이었으므로.

올해 기상제어관 1급 시험을 치기로 결심한 것도 세은이었고, 밤새워 공부하다 소행성 B-3844의 이동 궤도가 이상하다는 것을 발견한 것도 세은이었다. 모든 것은 세은의 선택이 낳은 결과였다. 후회하지는 않았다. 다만 마음 안에서, 이미 궤도를 바꿔 버렸다고 생각한 감정 하나가 일렁이고 파문을 일으켜 몸을 뒤흔들어 댈 뿐.

기상제어관 1급 시험에 합격하면 국장에 준하는 대우를 받고 스무 살 이후의 평가에도 영향을 미쳤다. 세은은 열두 살부터 살아온 세계를 유지하고 싶었다. 가능하다면 리아와 함께. 가능하다면 싱 국장의 곁에서 계속 보조하며.

복잡한 계산식이 많았다. 프로그램 안에 내재된 계산식을 파악할 수 있어야 했다. 세은은 밤늦게까지 식을 외우고 적용하다 잠들었다. 가끔은 이불 안에서 울기도 했다. 공부를 하는 도중에도 업무는 계속되었고 때때로 힘이 들었다. 나는 단지 지금처럼 지내고 싶을 뿐인데 그게 왜 이렇게까지 힘들어야 하느냐고 누구에게라도 따져 묻고 싶었지만 그럴 수 없었다. 조용히 이불 안에서 울다 잠들면 리아의 손이 이불 위를 가볍게 토닥이고 지나간다는 것을 알고 있었다. 지키고 싶은 것은 그런 일상이었다.

B-3844는 흔한 소행성이었다. 인간의 눈으로 보기엔 거대했지만 천체들 중에서는 공깃돌만 한 수준이었다. 좌표가 비틀거리긴 했지만 그 정도는 흔한 일이었다. 부딪치고 깨지고 밀려나는 게 소행성의 생이니까. 프로그램상으로 B-3844는 5월경 화성과 목성 사이를 지나는 도중 소멸할 운명이었다.

세은은 3월 3일, 싱 국장의 생일에 고백하려고 했다. 고백은 과거형이 될 터였다. 아주 많이 좋아했다고. 받아 주지 않을 것을 안다고. 그렇지만 한 번은 말해야 했다고. 당신 덕분에 힘들어도 괴로워도 버틸 수 있었다고. 하지만 앞으로는 스스로 버틸 거라고. 나도 당신 같은 사람이 되고 싶다고. 좋아했다고.

넥타이를 사고 싶었고, 편지를 쓰고 싶었다. 건네줄 기회도 정했다. 기상제어관 시험을 치르기 일주일 전까지는 새벽 한 시까지

상급자와의 면담 및 지도 편달이 허용되었다. 시험일은 3월 10일이었다. 되돌리지도 못하게, 면담이 허용되는 마지막 날 고백하고 끝내 버릴 생각이었다.

그럴 수 없게 된 것은 루크-소니언 방정식을 활용하는 23번 예상 문제를 보고 나서였다. 3월 1일 밤이었다. 루크-소니언 방정식은 지구 위협 천체로 발전할 가능성이 있는 원거리 천체가 소행성대를 통과할 때 가장 흔하게 나타나는 다섯 개 루트를 규정하는 공식이었다. 주어진 문제에서 천체 A는 소행성대 세 개를 차례로 통과했다. 각 소행성대의 행성 분포와 충돌 속도를 알아야 풀 수 있는 문제. 소행성대 A, B, C는 실재하는 소행성대고 소행성대 C를 지나는 소행성 여러 개가 세은의 담당 구역이었다. 세은에게 그곳의 소행성 분포도는 손바닥 안이나 마찬가지였다. 그러나 천체 A에 영향을 미칠 요주의 소행성을 정확히 알려면 행성 궤도 추적 시뮬레이션 프로그램을 이용해야 했다. 우주기상통제국 컴퓨터로만 접속할 수 있었지만 지금은 사무실 출입 금지 시간이었다. 실시간 소행성 좌표라도 봐서 문제를 풀어야 직성이 풀릴 것 같았다. 모든 걸 다 맞히지 못하더라도 단 하나의 실수라도 줄이고 싶었다. 하지만 위성에서 실시간으로 보내오는 데이터는 오직 관리자 권한으로만 접근할 수 있었다. 예를 들면 싱 국장님이라거나. 세은은 태블릿을 노려보며 고민에 빠졌다.

관리자 아이디는 알고 있었다. 비밀번호도 알고 있었다.

계속, 계속, 싱 국장을 눈으로 좇고 있었으니까. 손이 키보드 어느 위치에 닿는지, 어떤 부분에서 쉬는지, 지구를 따라 도는 달처럼. 외우고 싶다고 생각한 건 아니었는데도 이미 외우고 있었다.

하지만 단 한 번도 그런 걸 이용한 적이 없던 건, 싱 국장님에게 피해를 주는 일은 한 가지라도 하고 싶지 않아서였는데.

어차피 이제 고백하고 다 잊을 거니까.

딱 한 번만.

세은은 태블릿으로 실시간 소행성 좌표 시스템에 접속해 관리자 권한을 실행했다. 결코 틀릴 리 없는 우주의 숫자들이 화살처럼 세은에게 쏟아져 들어왔다. 세은의 머릿속에서 숫자들은 빠르게 정렬되었다. 오직 한 소행성의 좌표만 빼고.

이럴 리가 없는데. 몇 번이나 새로고침을 시도해도 좌표 하나가 모자랐다. 세은은 태블릿이 손에서 미끄러지는 것을 느꼈다.

소행성대 C의 거대 소행성 분포도가 세은이 아는 것과 달랐다.

C에 분포된 알파 등급 소행성의 개수는 221개였다. 적어도 세은이 그날 아침까지 본 시뮬레이터에선 그랬다. 그런데 실시간 시스템에 나타난 알파 등급은 220개였다. 한 치 빗나감이 거대한 변화를 만드는 우주에서 '소행성이 마주치는 장애물' 개수가 변동된다는 것은 그 구간에 대한 모든 예측도가 변화한다는 말이었다.

아무것도 없는 공간에 소행성이 있다는 것을 전제하고 진로를 파악한 것이나 마찬가지니까. 실시간 시스템의 기록을 10년 전까지 돌려 보았지만 알파 등급은 언제나 220개였다. 세은은 펜 뚜껑을 잘근잘근 씹다가 눈을 꽉 감았다.

침착해야 해. 이 구역 담당자가 누구지?

나야.

나랑, 싱 국장님.

세 개 이상의 위성이 동시에 좌표를 측정하면 오차를 줄일 수 있다. 그러나 언제든 오차가 발생할 수 있기 때문에, 모든 좌표는 반드시 실제로 배포되기 전 수정을 거친다. 그게 실시간 시스템에 '관리자'로 접속하는 사람이 필요한 이유였다. 수정할 공식과 절차를 아는 단 한 사람. 우주기상통제국 싱 국장. 세은이 포기하는 마음으로 사랑하고 동경하던 사람.

언젠가 자신이 닿고 싶었던 그 자리.

그러니까, 220개의 알파 등급 소행성을 221개로 바꿀 수 있는 사람은, 우주기상통제국 안에선, 단 한 명이었다.

3월 2일 아침, 세은은 우주기상통제국 시뮬레이션 프로그램에서 여전히 알파 등급 소행성이 221개로 나타나는 것을 확인했다. 위치와 크기까지 나와 있는 거대한 허상. 세은은 싱 국장의 자리를 돌아보았다. 무어라 말을 하려 했지만, 어떻게 말을 해야 할지 알 수 없었다.

하루의 일과를 마치고, 기숙사 소등 시간 열한 시 반에 불을 끄고, 열두 시가 되기 직전 세은은 잠든 리아를 바라보다 선물을 들고 조용히 기숙사를 빠져나갔다. 싱 국장의 연구실 앞에는 아무도 없었다. 다행인가. 세은은 호출벨을 눌렀다. 싱 국장이 문을 열었다. 세은은 스스로도 지금 얼굴이 참 꼴사나울 거라고 생각하며 말했다.

"늦은 밤에 죄송합니다, 국장님. 루크-소니언 방정식이 소행성대 C에 적용될 때 결과값이 궁금해서요."

싱 국장은 이마를 짚으며 한숨을 내쉬었다. 들어오라고 싱 국장이 손짓했지만 세은은 고개를 저었다.

"소행성대 C의 알파 등급은 몇 개죠?"

싱 국장은, 어떠한 타협도 하지 않겠다는 듯, 단호하게 자신을 올려다보는 세은에게 답 대신 질문을 던졌다.

"관리자 아이디로 1일 밤 로그인한 기록이 남아 있었어. 세은, 패스워드는 어떻게 풀었지?"

"제 질문이 먼저예요."

싱 국장은 짧게 깎은 머리카락을 목덜미 쪽으로 쓸며 길게 한숨을 내쉬었다.

“220개. 세은. 이제 내 질문에 대답할 차례야.”

알파 등급이 220개일 경우, 즉 소행성 AZ-884가 ‘허상’일 경우, 소행성 B-3844는 매우 높은 확률로 4월 말 지구와 충돌한다.

세은은 대답했다.

“그냥 알게 됐어요. 계속 지켜보고 있었거든요……, 생일 축하드립니다.”

세은은 기숙사로 돌아왔다. 선물은 연구실 건물 쓰레기통에 버렸다. 시계를 보니 이십 분도 채 걸리지 않았다. 하하. 이게 뭐야. 정말 어마어마한 생일 선물을 드렸네. 정작 고른 건 못 드리고. 웃고 싶었지만 웃음은 나오지 않았다. 세은은 숨죽여 이불 속에서 울었다. 이번에는 이불 위를 도닥이는 손길이 없었다. 그게 다행스러워서 세은은 더 조용히 울다 잠들었다.

3월 10일. 기상제어관 1급 시험에 루크-소니언 방정식 활용 문제는 나오지 않았다. 세은은 문제를 풀고, 기숙사로 돌아갔다. 시험을 잘 봤냐는 리아의 말에 세은은 고개를 끄덕였다. 풀고 싶지 않은 문제는 없었으니까. 시험 발표는 13일에 났고 세은은 합격했다. 조안에게 합격증을 받고 세은은 하늘을 올려다보았다. 저 멀리서 거대한 소행성이 날아오고 있다. 아주 오래전부터 그걸 감추기 위해 애쓴 사람들이 있다. 세은의 태블릿에 호출 신호가 들어

왔다. 싱 국장의 연구실이었다. 세은은 합격증을 구기듯 주머니에 집어넣고 연구실로 갔다.

"합격 축하한다."

"고맙습니다."

따뜻한 차와 쿠키를 앞에 두고 세은은 짧게 대답했다. 싱 국장은 날씨 이야기라도 하듯 가벼운 말투였다.

"다른 사람에게 이야기한 건 아니겠지."

세은은 실소를 머금었다.

"누가 믿어 주겠어요. 그런 허무맹랑한 얘기를."

"다행이구나."

싱 국장이 차를 홀짝이는 소리가 들렸다. 세은은 탁자를 내려다보았다. 무엇부터 말해야 할까. 결국 고백은 하지도 못했구나. 그런데 지금은 그게 하나도 중요하게 느껴지지가 않아. 하긴, 다음 달 말이면 지구가 멸망하는데. 다 무슨 소용이겠어.

"미안하다는 말도 없으시네요."

그래도 세은은 미안하다는 말이 듣고 싶었다. 속여서 미안하다고. 계속 그럴 생각은 아니었다고. 태어나서 처음 좋아하게 된 사람이 거짓말이라도 좋으니 위로를 해 줬으면 하고 바랐다. 하지만 싱 국장이 그럴 리가 없었다.

"미안하다고 말하면 이미 포기한 것 같으니까."

세은은 고개를 들었다.

"포기라고요?"

싱 국장은 태블릿을 꺼내 빼곡한 타격 기록을 불러왔다. B-3844를 향한 타격이었다. 지구의 멸망 가능성을 숨기면서, 제네시스에서는 수년에 걸쳐 계속 B-3844를 공격하고 있었다. 하지만 그토록 오랫동안 계속해서 공격했다는 것은 결국 아직도 유효한 변화가 일어나지 않았다는 뜻이기도 했다.

"포기할 생각은 없다. B-3844도 다른 천체들처럼 우리가 타격하고, 충돌을 막을 대상 중 하나일 뿐이야."

세은은 싱 국장의 말을 듣고도 표정을 풀지 않았다. 대신 세은은 질문했다.

"우리가 담당하는 이동 천체 중 B-3844보다 위험한 게 있었나요?"

싱 국장은 고개를 저었다.

"AZ-884를 우리는 '신'이라고 불렀어. 조안이 지은 이름이지. 지금도 그렇게 부르고 있어."

신의 말씀을 달에 새긴 곳. 신을 믿는 자들이 세웠으나 과학의 최정상인 곳. 제네시스. 허구의 소행성이 가진 이름은 신. 존재한다면 지구를 지켰을 그 무엇. 그러나 존재하는지 존재하지 않는지 직접 확인할 수도 없는 것. 단지 있다고 믿는 것만이 최선인 것. 멸망마저 가리는 최선. 그리고 기도하듯 쏟아지는 타격. 세은은 찻잔을 비우지 않고 연구실에서 나왔다.

세은이 리아에게 숨겨야 하는 두 번째 비밀이 생겼다.

아이들이 동요하는 걸 원하지 않아. 싱 국장은 그렇게 말했다. B-3844가 유례없이 위협적인 건 사실이지만, 그동안 우리는 수없이 많은 위협 천체들을 처리해 오지 않았냐고. 이번도 그중 하나일 거라고.

"지금까지 B-3844 타격은 알림 없이 진행했어. 사람들을 두려움에 떨게 할 필요는 없어. 너도 본 적이 있을 거야. 천체와의 충돌, 지구 멸망 가능성, 그런 뉴스에 사람들이 얼마나 동요하는지. 이번도 예외가 아니야."

하지만 그때마다 '신'을 만들지는 않았잖아요. 세은은 반박하고 싶었지만 입을 다물었다. 반박하지 않음으로 공범이 되었다. 그다음 날, 다음다음 날 여전히 세은이 하는 일은 허구의 천체가 띄워진 우주를 분석하는 일이었다. 똑똑하다는 건, 뛰어나다는 건, 그걸 감추고 살아왔다는 건 타협에 익숙해지는 일이었다. 리아가 그 펜을 돌려주기 전까지 그랬다. 벗어났다고 생각했는데, 다시 묶여 버렸다.

세은은 우주기상통제국을 벗어날 수 없었다. 거짓 궤도를 계산

하는 일을 계속해야만 했다. 아침마다 잘 잤냐고 인사해 주는 룸메이트에게도 말할 수 없었다. 현재 상태로 볼 때, 소행성은 지구의 모든 문명을 박살 낼 수도 있었다. 그래도 크기가 줄어들고 줄어든다면 지구상의 몇몇 사람들은 살아남을 터였다. 다시 우주를 꿈꿀 터였다. 지구를 피해 가도록 하는 궤도 조정은 실패했고, 외부의 피해를 최대한 줄이기 위해 소행성이 제네시스를 향하게 해 놓은 것이 현재의 상황이라고 했다. 그렇다면 제네시스에서 살아남는 방법은 제네시스를 떠나는 것밖에 없었다.

리아는 달에 간 적이 있었다.

제네시스를 떠날 수 있었다.

지구를 벗어날 수 있는 몇 안 되는 사람이었다.

리아는 15세 때 항공기계정비반을 택했다. 세은은 그때 자신이 목표로 하던 우주기상통제국에 합격한 게 너무나 기뻐서 리아가 왜 그곳을 선택했는지 묻지도 못했다. 항공기계정비반. 문라이터를 보수하고 그 외의 각종 지상 관측기계를 정비하는 곳. 이제 문라이터는 구식 기계가 되었지만 여전히 달에 남아 있었다. 인간이 달을 정복한 상징처럼. 리아는 항공기계정비반에서도 우주로 나갈 수 있는 그룹에 속했다. 신체 발달, 정신력, 기계 조작력 모두 합격선.

그렇기 때문에, 리아가 우주기상통제국 소속의 로빈과 싸워 코뼈를 부러뜨렸다는 말을 들었을 때, 세은은 로빈에게 조금 고맙기까지 했다.

알고 있었다. 우주기상통제국 내에서 세은을 따라붙는 소문들. 최연소 입학자. 우등생. 싱 국장의 업무를 보조하는 차기 부국장 후보. 열일곱 살 여자애와 성인 남성인 국장을 엮어 떠도는 질 나쁜 소문들. 그래서 더욱 떳떳하고 싶었고 아무런 대가도 바라고 싶지 않았지만 소문을 내는 사람들은 세은의 노력에는 아무런 관심이 없었다. 로빈이 세은을 특히 싫어한다는 것도 알고 있었다. 그저 깎아내릴 대상이 필요했던 거라고 세은은 막연히 짐작했다. 등을 펴고 걷는 자신의 뒤에서, 누군가는 선물을 보냈지만 누군가는 면도날을 보냈던 것처럼. 어릴 때 보육원에서 아이들이 그랬던 것처럼.

등을 펴고 걷는 것이야말로 리아가 세은에게 준 선물이었다. 빼앗길 필요 없는 이곳에서 빛나도 된다고 밀어 준 한 줄기 바람이었다. 그 바람이 또 다른 바람을 부르고 때때로 방향을 바꿔 질투라는 이름으로 세은의 뺨을 때렸다. 그래도 리아가 있으면 버틸 수 있었다. 리아가 웃는 모습만으로도, 목소리만으로도 세은은 하루하루 자신에게 주어진 자유를 지킬 힘이 생겼다.

"인사평가 기간에 싸움질이라니. 네 룸메이트도 대단하구나."

연구실 안에서 싱 국장은 한숨을 쉬었다. 조안이 화상 통화로 같이 한숨을 쉬었다. 둘에게 처벌이 내려지기 전, 세은이 먼저 제시했다. 할 말이 있다고. 어차피 그 싸움은 자신으로 인해 일어났으니 자신이 간섭할 수 있는 기회를 달라고. 그렇게 해 준다면 지구의 멸망에 대해서는 끝까지 비밀을 지키겠다고.

"너는 정말 이 조건을 원하는 거니?"

조안이 물었다. 세은은 화상 카메라 앞에서 고개를 끄덕였다.

"인간이 달에서 얼마나 오래 버틸 수 있다고 생각해? 너도 알잖아. 우주 방사선, 골밀도 저하, 통제되지 않는 세포 변이. 그런 걸 모두 그 애한테 넘기겠다고?"

"그러고 싶으니까요."

나의 자유. 나의 등을 밀어 준 바람. 나의 울음 가득한 밤을 지켜 준 사람. 나의 룸메이트.

"리아의 단독 달 출장을 요구합니다. 기간은 최소 한 달. 최대는 인간이 달에서 버티는 한도까지."

네가 이 지구에 다시 돌아올 희망으로. 설령 이 지구에 내가 없더라도.

"문라이터 보수는 보름이면 끝나요. 만약 우리가 멸망하지 않는다면 리아를 데려오면 돼요. 하지만 멸망한다면, 다른 누군가가 발견할 수 있는 곳에 리아를 두게 해 주세요."

"벌이라면 정말 끔찍한 벌이구나. 달에서는 24시간 지구를 모니터링할 수 있어. 그곳에 혼자 남겨 두겠다고?"

세은은 이를 악물었다.

"당신들은 신을 만들었죠. 나는 신을 믿지 않아요. 리아를 믿을 거예요."

자기보다 덩치가 큰 아이들과 끊임없이 싸워 대는 아이. 혹독한 우주 출장도 매번 견뎌 내던 아이. 그런 유리아를 믿을 거예요.

조안과 싱 국장은 긴 침묵을 지켰다. 그리고 침묵의 끝에서 조안이 입을 열었다.

"받아들이마."

화상 통화를 마치고 연구실을 나가려던 세은의 팔을 싱 국장이 붙들었다. 세은의 귓가에 싱 국장의 목소리가 스며들었다. 아주 많이 들은 목소리. 그럼에도 불구하고, 한 번도 들은 적 없던 감정 가득한 목소리. 그 감정은 걱정이었다.

"세은, 다시 한번 생각해 봐."

"왜요?"

그리고 이것은 세은의 첫 반항이었다.

싱 국장은 세은의 팔을 놓지 않고 말했다.

"이제 너는 네 룸메이트에게 거짓말밖에 할 수 없어. 아무것도 모른 척, 안타까운 척 출발일까지 버텨야 해. 그다음엔 네 룸메이트에게 지구가 무사할 거라고 말해야 하지. 그게 거짓말이 아니면 좋겠다만. 너는 끝까지 거짓말하는 사람으로 남을 수 있겠어? 마지막 질문이다."

울컥, 세은의 눈에 눈물이 솟았다. 다른 사람 앞에서 한 번도 운 적이 없었는데. 하지만 결심한 이상 버텨야 했다. 싱 국장 앞에서도, 리아 앞에서도 울지 않을 거라고 생각하며 세은은 입 안을 세게 깨물었다. 그리고 대답했다.

"제가 임무를 해내지 못하는 거, 본 적 있으세요?"

달로 리아가 떠난 후 세은은 밤에 이불을 걷고 울었다. B-3844는 보이지 않는 신을 통과해 지구로 날아왔다. 소행성 공격 기록을 보고 싶다는 세은의 말에 싱 국장은 자신의 엑세스 아이디로 세은의 태블릿에 자동 로그인을 걸어 주었다. 끊임없는 공격에도 불구하고 여전히 지구의 절반 이상을 날려 버릴 위력. 리아가 사다 준 페퍼민트 캔디 통을 보면서, 왼쪽 침대에 가지런히 개켜진 이불을 보면서 세은은 울었다. 그리고 아침마다 거기 리아가 있는 것처럼 인사하고 방을 나섰다. 안녕, 리아. 좋은 아침이야.

그리고 지금이 되었다. 충돌 스무 시간 전 통화를 아무렇지 않게 마치고. 마지막 통화만은 진심이었다. 소행성에게 지구와 충돌할 권리를 줄 생각은 없었다. 기숙사에서 혼자 자는 것도 싫었다.

리아가 빨리 돌아오기를 빌었다. 리아를 데려올 수 있기를 빌었다. 모든 시도가 실패로 돌아갔고 이제 곧 소행성은 제네시스와 정면으로 충돌할 테지만. 오늘도 세은은 아침 인사를 건넸다. 안녕, 리아. 좋은 아침이야.

세은은 등을 펴고 화상 카메라를 마주했다. 마지막 사람을 불러야 할 시간이었다. 만약 제가 깨어난다면 반드시, 반드시…… 소식을 전해 주시기 바랍니다. 제가 가장 아끼고 사랑하는 사람에게. 매일 눈을 떴을 때 가장 먼저 보였던 나의 룸메이트에게.

"……그리고 항공기계정비반 유리아에게 전해 주시기 바랍니다. 유리아는 지금 달에 있습니다."

기적처럼 너와 내가 다시 아침 인사를 할 수 있기를. 세은은 메시지를 저장하고 부스 안에서 심호흡을 했다. 부스 밖으로 나가기 위해. 최후의 최후의 최후까지 싸우기 위해. 지구를, 미래를, 가능성을 빼앗기지 않고 버티기 위해. 뺏기지 말라고, 네가 그랬으니까.

나는 그 말을 평생 잊지 않았어.

에필로그: 토요일, 당신에게

아직 통신이 닿지 않는다는 걸 알고 있습니다. 그래도 기록을 남깁니다. 저는 '살아남은 탐사자들'이라는 모임의 멤버입니다. 당신은 잘 모르던 일일지도 모르겠습니다만, 지구에 과학자와 엔지니어들이 제네시스에만 있던 것은 아닙니다. 제네시스는 충돌 직전 모든 데이터가 인터넷에 공개되도록 해 두었더군요. 덕분에 우리는 당신들이 어떤 일을 했고, 어떤 상황에 있었는지 알게 되었습니다.

솔직히…… 믿기지 않습니다. 우리를 구하려고 한 사람들이 대부분 20세 미만의 어린아이들이라뇨. 조안이라는 사람에 대해선 아직도 의견이 분분합니다. 결국은 지구를 구한 영웅이기도 하고, 아이들의 삶을 손에 쥐고 흔든 악마이기도 합니다. 조안은 사망했습니다. 어쨌거나 우주상에서 직접 소행성을 타격하는 기술을 가진 곳은 제네시스가 유일했어요. 소행성의 최종 충돌 지점을 정하는 것은 힘든 일이고, 그 충돌 지점을 제네시스가 있던 섬으로 잡아 준 점이…… 살아남은 우리에게는 다행스러운 일이기도 합니다.

충돌이 있은 지 6개월. 한창 삶을 재건하려 애쓰고 있는 우리에게 문라이터의 이동이 포착되었습니다. 처음에는 착각이라고 생각했습니다. 문라이터는 아주 느리게 움직였기에 우리는 그게 자동 이동 같은 거라고 생각했습니다. 그런데 당신의 기록이 달이 차오르는 날마다 지구로 전해졌습니다. 쓰고 지우기를 반복하는, 기계가 아닌 사람의 실수와 고민이 거기 있었습니다.

우리는 확신했습니다. 저기 사람이 있다.

우주기상통제국 최세은 씨가 남긴 메시지가 단서가 되어 주었습니다. 그래서 우리는 지구로 당신을 데려올 계획을 짜기 시작했고요.

한 달 내로 우리는 달에 무인탐사선을 보낼 겁니다. 원격 조종이 쉽지 않으리라는 것은 모두 인정합니다. 고작 한 명의 사람을 위하여 지구상의 여러 사람을 살릴 수 있는 물자를 낭비한다는 비난도 있습니다. 하지만 당신은, 유리아 씨는, 제네시스가 온 힘을 다해 살리려고 한 사람이니까요. 제네시스에게 빚을 진 우리가 갚을 기회라고 생각합니다.

당신을 데리러 가겠습니다.

토요일, 지구에서

살아남은 탐사자 드림

작가의 말

첫 발자국인 「창세기」가 리아와 세은의 이야기로 시작된 지 6년 가까이 지났습니다. 처음에 이 이야기는 1개월 치의 식량과 연료로 6개월을 살아남은 리아의 '사랑' 이야기였습니다. 그 후로도 한 번 「궤도의 끝에서」로 여러분께 잠시 이야기를 드린 적이 있습니다. 그렇게 이야기가 이어지고 커져 가며 제가 알게 된 것은 이 기적은 리아 혼자만의 기적이 아니란 부분이었습니다. 식량을 보태는 사람이 있고, 생존 훈련을 시키는 사람이 있고, 계속해서 소행성을 막으려 하는 사람이 있고, 리아를 살리려고 달로 보낸 사람이 있고, 제네시스를 만들어 이 모두를 모은 사람이 있었기에 가능한 기적이었던 거지요. 저는 이것을 연대하는 사람들이 일으킨 기적이라는 뜻으로 '연대'기라고 부르고 싶습니다. 그러다 보니 이 책은 처음 읽을 때 맞춰지지 않는 퍼즐이 두 번째 읽으면 맞춰지는 이야기가 되었습니다.

무슨 말을 보태야 할까요. 혐오로 가득한 시대를 살아가는 당신과 나에게. 그 혐오 속에서 우리가 서로 연대하고 사랑하는 일이, 지구로 날아오는 소행성의 방향을 비틀고 표면을 깎듯 예전보다 나은 삶을 위한 우리의 최선이라는 것 외에는.

이야기를 쓰는 동안 과학은 계속해서 진보했습니다. 올 하반기에는 의족을 사용하는 민간우주여행자가 나올 것이고, 달에는 국제우주정거장 루나가 준비되고 있습니다. 그러나 변하지 않은 것들도 있습니다. 여전히 소수자들에게 쏟아지는 유무형의 폭력과, 산업 현장의 부실한 안전장치입니다. 이 이야기는 미래 사회를 바탕으로 하지만 '변하지 않은 폭력과 불안전'의 이야기이기도 합니다. 그러기에 감히, 불안전한 현장에서 일하는 산업 노동자의 안전과 소수자를 향한 폭력으로 돌아가신 고 변희수 하사님의 명복을 이 짧은 문장에 같이 빕니다.

어제도 오늘도 살아남아 내일을 맞이할 당신과 나의 다정한 일상을 소망합니다.

이 기록의 열람자가 되어 주셔서 감사합니다.

전삼혜 드림

| 수록 작품 발표 지면 |

「창세기」…… 『소년소녀 진화론』(문학동네, 2015)

「궤도의 끝에서」…… 『여성작가SF단편모음집』(온우주, 2018)

그 외 미발표작

궤도의 밖에서, 나의 룸메이트에게

1판 1쇄 2021년 4월 30일
1판 6쇄 2022년 5월 30일
지은이 전삼혜
책임편집 곽수빈 | 편집 고한빈 엄희정 원선화 이복희 | 디자인 이은하 이지인
마케팅 정민호 이숙재 박치우 한민아 김혜연 이가을 박지영 안남영 김수현 정경주
브랜딩 함유지 함근아 김희숙 정승민 | 제작 강신은 김동욱 임현식 | 제작처 영신사
펴낸곳 (주)문학동네 | 펴낸이 김소영
출판등록 1993년 10월 22일 제2003-000045호
주소 10881 경기도 파주시 회동길 210
전자우편 kids@munhak.com | 홈페이지 www.munhak.com
카페 cafe.naver.com/mhdn | 북클럽 bookclubmunhak.com
트위터 @kidsmunhak | 인스타그램 @kidsmunhak
대표전화 (031)955-8888 | 팩스 (031)955-8855
문의전화 (031)955-8895(마케팅) (02)3144-3242(편집)
ISBN 978-89-546-7952-7 03810

잘못된 책은 구입하신 서점에서 교환해 드립니다. 기타 교환 문의: (031)955-2661, 3580